Perdidos y encontrados

La Maleta perdida, el pasaporte misterioso y el calcetín extra

Vimi Vera

Copyright © 2023 Vimi Vera

Todos los derechos reservados.

www.comolovi.es

Contenido

La maleta perdida y el pasaporte misterioso 7
El viaje inesperado 12
Círculo Dorado 16
Desierto del Sahara 20
Himalaya 26
Verano en la Antártida 31
Alice Springs 34
La Tomatina de Buñol 37
Monte Fuji 41
Desierto de Atacama 46
Ciudad de México 49
Río de Janeiro 52
La selva amazónica 53
Serengeti 56
Egipto 58
Roma 61
La Ciudad de la Luz 64
La Gran Manzana: 66
La Muralla China 69
La importancia del calcetín extra y otras lecciones de viaje 72
El héroe inesperado 74
El enigma del pasaporte misterioso 80
Encuentros y desafíos 85
Descubriendo el tesoro de la vida 90
Más alla del viaje. Lecciones para la vida 95
El camino hacia la autenticidad 102
Cierre y nuevos comienzos 106
Epílogo:Más alla de la maleta perdida 111

La maleta perdida y el pasaporte misterioso

Todo comenzó de la manera más inesperada y banal: con una maleta perdida.

La terminal de llegadas del aeropuerto internacional de Keflavik en Islandia estaba abarrotada de personas. Los viajeros fatigados avanzaban con sus maletas rodando a su lado como fieles compañeras de su agotadora travesía. Sus semblantes, surcados por las huellas de la fatiga, contrastaban con la tenue y fría luz artificial que iluminaba el lugar, como si llevaran consigo las marcas de las innumerables millas recorridas. Desesperadamente, buscaban avistar un taxi que los llevara lejos de la agotadora jornada, anhelaban la amistosa bienvenida de un conocido o ansiaban encontrar refugio en algún rincón acogedor donde finalmente pudieran descansar sus cuerpos cansados.

El ambiente estaba cargado de una mezcla de emociones, desde la ansiedad de llegar a su destino hasta la dulce promesa de alivio que se avecinaba. Mientras los paneles electrónicos parpadeaban con las llegadas y salidas de vuelos, yo estaba allí, parado, mirando fijamente la cinta transportadora del carrusel de equipajes, esperando la llegada de mi maleta.

El vuelo había sido largo y agotador, pero la promesa de aventura y exploración me había mantenido lleno de energía. Había soñado con visitar Islandia durante años, y finalmente, ese sueño se había hecho realidad. Pero en ese momento, mi felicidad estaba empañada por la ausencia de mi maleta, que contenía todas mis

5

pertenencias y, lo que era más importante, mi diario de viaje, mi compañero fiel en cada aventura.

Pasaron veinte minutos, luego treinta. La cinta transportadora se detuvo. Los demás pasajeros recogieron sus maletas y se marcharon. El silencio se apoderó del lugar. Mi maleta, al parecer, había decidido emprender un viaje por sí sola.

Decepcionado y agotado, me quedé allí, mirando fijamente la cinta transportadora vacía como si esperara que mi maleta apareciera de la nada. Pero no fue así. Había viajado miles de kilómetros para explorar esta tierra de maravillas naturales, y ahora me encontraba en la terminal de llegadas sin nada más que la ropa que llevaba puesta y una sensación de desesperación creciente.

Me acerqué al mostrador, donde una empleada me dio una pequeña tarjeta con un número de seguimiento y me prometió que harían todo lo posible para encontrar mi maleta extraviada. Me ofreció palabras de aliento y prometió ponerse en contacto conmigo tan pronto como tuvieran noticias de mi maleta.

Al informar de mi maleta perdida a la aerolínea, me entregaron un pequeño paquete de "consolación": un cepillo de dientes, una muda de ropa interior, una camiseta, y una pequeña bolsa de aseo. Dentro del paquete de consolación, apenas perceptible a primera vista, descubrí un pasaporte que capturó de inmediato mi atención. No era mi pasaporte habitual, pero al abrirlo, me encontré con una sorpresa desconcertante: mi foto y todos mis datos personales estaban en sus páginas. Era como si alguien hubiera creado un pasaporte a medida para mí, pero sin mi conocimiento ni consentimiento.

Este hallazgo, tan inusual y misterioso, generó una intensa curiosidad e intriga en mí. ¿Cómo había llegado ese pasaporte hasta allí? ¿Quién lo había confeccionado y con qué propósito? Cada página de ese pasaporte contenía sellos y visas de destinos que nunca había visitado, destinos exóticos y lejanos que me eran completamente desconocidos pero a la vez estaban en mi lista de deseos.

Me quedé mirando ese pasaporte con perplejidad. La pregunta de cómo ese pasaporte había ido a parar a mi paquete de "consolación" se convirtió en un enigma que me obsesionaba. Era un misterio intrigante que no podía dejar de intentar resolver.

Me planteé diversas teorías y escenarios posibles. ¿Había sido un error de la agencia de viajes que había gestionado mi viaje? ¿Podría alguien haberlo colocado allí de forma intencionada? ¿Tal vez había alguna conexión entre el pasaporte y los destinos marcados en sus páginas?

Mi mente se llenó de conjeturas y suposiciones mientras reflexionaba sobre todas las posibilidades. Pero una cosa estaba clara: este pasaporte no pertenecía a nadie más que a mí, ya que mi foto y datos personales estaban claramente impresos en él.

Decidido a descubrir la verdad detrás de este enigma, comencé mi búsqueda de pistas, revisando minuciosamente todos los sellos y visas en el pasaporte, investigando los destinos marcados y buscando cualquier indicio que pudiera arrojar luz sobre cómo este pasaporte había encontrado su camino hacia mí y qué significaba para mi futuro viaje. La curiosidad me impulsaba a seguir adelante, sin importar cuán enigmático e imposible fuera el camino que se extendía ante mí. Me pregunté si quizás había alguna relación entre este misterioso pasaporte y mi maleta perdida. ¿Era posible que ambos objetos estuvieran conectados de alguna manera? La pregunta de cómo y por qué estos sellos estaban en ese pasaporte sin que yo hubiera visitado esos lugares despertó mi curiosidad y deseo de descubrir la verdad detrás de este misterio.

Con el corazón apretado, salí del aeropuerto, sin percatarme de que mi búsqueda de la maleta perdida abriría la puerta a un viaje mucho más profundo e inesperado en las próximas semanas. Entre la resignación y la chispa de esperanza, dejé atrás el aeropuerto y me adentré en las bulliciosas calles de Reikiavik, la capital islandesa

Islandia, con su belleza desgarradora y su misterio insondable, era el destino perfecto para perderse, pero perder mi maleta en el proceso no estaba en mis planes. Mientras exploraba la ciudad, traté de recordar todo lo que había dentro de ella: mi ropa, mis artículos de tocador, mi cámara y, lo que era más importante, mi diario de viaje lleno de notas y reflexiones sobre este viaje tan esperado.

Con el pasar de los días, mi búsqueda de la maleta perdida me llevaría a encontrarme con personas extraordinarias y a intentar descubrir la verdad detrás de un pasaporte misterioso que cambiaría por completo el rumbo de mi viaje y de mi vida.

La ausencia de mi maleta se había convertido en una búsqueda de respuestas y en el comienzo de una aventura que nunca habría imaginado. Impulsado por la curiosidad y la intriga que despertó el pasaporte misterioso, me embarqué en una serie de viajes hacia los destinos que estaban marcados en sus páginas. La idea de que cada sello en el pasaporte podría ser una pieza de un rompecabezas más grande, una pista que me llevaría a descubrir su origen y propósito, me motivó a recorrer el mundo en busca de esas respuestas, embarcándome en un viaje lleno de aventuras, descubrimientos y desafíos que cambiarían mi vida para siempre.

Cada nuevo destino, presentaba un nuevo enigma, una nueva oportunidad para desentrañar los secretos del pasaporte. La emoción de cada viaje y la curiosidad de lo que encontraría a continuación me impulsaron a seguir adelante, a sumergirme en culturas y paisajes desconocidos y a aceptar cada desafío que se presentara en el camino.

A medida que avanzaba en mis viajes, también descubrí algo más profundo: la riqueza de experiencias y conocimientos que cada destino tenía para ofrecer. Cada lugar tenía su propia historia que contar, su propia belleza que revelar y su propia lección que enseñar. El pasaporte misterioso se convirtió en una especie de guía, llevándome a lugares y encuentros que de otro modo podría haber pasado por alto.

La curiosidad seguía siendo mi motor principal, pero también se mezclaba con una profunda apreciación por la diversidad de nuestro mundo y la interconexión de nuestras historias. Cada sello en el pasaporte no solo era una pista, sino también un testimonio de la vastedad y complejidad de la experiencia humana en todo el mundo.

El viaje inesperado

Mi búsqueda de respuestas sobre el pasaporte misterioso se convirtió en un viaje de autodescubrimiento y enriquecimiento. Mientras continuaba explorando los destinos que me esperaban, me di cuenta de que el verdadero tesoro no estaba solo en las respuestas que pudiera encontrar, sino en la aventura misma y en las personas, lugares y experiencias que llenaban mi camino. Y así, decidí seguir adelante, sin importar adónde me llevaría el próximo sello, con la certeza de que cada destino sería una parte esencial de mi viaje hacia la verdad..

Lo que siguió fue una serie de viajes que me llevaron a través de desiertos y montañas, playas, ciudades bulliciosas y paisajes tranquilos. A medida que avanzaba en mis viajes, también me di cuenta de que la verdadera riqueza de la vida no se encontraba en las posesiones materiales, como la maleta que había perdido, sino en las experiencias, las amistades y las lecciones que acumulaba en el camino. Cada día era una oportunidad para aprender algo nuevo, para sumergirse en lo desconocido y encontrar significado en los detalles más pequeños.

En todos los grandes viajes, hay objetos aparentemente insignificantes que acaban desempeñando un papel crucial. El anillo de un hobbit, la piedra filosofal de un joven mago, la pluma de un escritor... En esta historia, ese objeto inesperadamente poderoso es algo que todos tenemos en nuestros cajones, pero que rara vez consideramos digno de mención: un calcetín. Su presencia parece trivial, pero su importancia es, de hecho, trascendental en esta historia.

Podría parecer un objeto común y sin importancia, pero no te equivoques, un calcetín puede marcar la diferencia entre la comodidad y la incomodidad, lo ordinario y lo extraordinario, entre la pérdida y la recuperación. Es un objeto mundano que solemos ignorar, guardado en el fondo de nuestra maleta, olvidado hasta que la necesidad lo reclama. ¿Y si te dijera que, en esta historia, un simple calcetín extra es más que una prenda de vestir? Es un salvavidas, un rastro, una conexión perdida y encontrada de nuevo. Entonces, la próxima vez que hagas tu equipaje, piensa en el humilde calcetín extra.

Mi modesto calcetín extra, que inicialmente había sido una simple comodidad en medio de la incertidumbre de la pérdida de mi maleta, se convirtió en un símbolo de mi filosofía de vida. Era un recordatorio constante de que a veces las cosas más simples pueden tener un valor inmenso en nuestra vida. Este modesto calcetín, que inicialmente pasaba desapercibido en mi equipaje de mano, se convertiría en un compañero fiel a lo largo de mis viajes.

Su sencillez ocultaba una utilidad sorprendente. En momentos de frío inesperado, se convertía en un escudo contra el clima implacable. Cuando necesitaba un lugar para guardar objetos pequeños, se transformaba en un improvisado bolsillo. Era mi amuleto de la buena suerte, una pieza de mi equipaje que jamás dejaría atrás, y que, de manera casi mágica, siempre encontraba su camino de regreso a mí.

Este calcetín extra se convirtió en el elemento que me recordaba la importancia de la adaptabilidad y la gratitud por las pequeñas cosas. A lo largo de mi viaje, me enseñó que en la simplicidad y la humildad de lo cotidiano, a menudo encontramos la belleza y la profundidad de la vida.

Así que, mientras continuaba explorando el mundo con mi calcetín extra como compañero constante, me di cuenta de que las lecciones más valiosas se encuentran en los detalles más pequeños, en los objetos aparentemente triviales, y que cada día es una oportunidad para descubrir la magia que reside en lo común. A medida que avanzaba en mi viaje, el calcetín extra se convertía en un símbolo de mi compromiso con la apertura a las sorpresas de la vida y la capacidad de encontrar significado en los detalles más simples.

Cada capítulo de mi viaje estaba lleno de encuentros inolvidables, amistades efímeras y momentos que nunca dejarían de asombrarme. La vida misma se había convertido en una aventura continua, una búsqueda de conocimiento y autoexploración, una lección constante sobre la importancia de estar abiertos a las sorpresas de la vida y de abrazar los desafíos.

A lo largo de mi viaje con el pasaporte misterioso, aprendí lecciones valiosas sobre la importancia de prestar atención a los pequeños detalles. Cada sello, cada pista, cada encuentro aparentemente insignificante tenía el potencial de desencadenar una experiencia inolvidable.

Los pequeños detalles me enseñaron a ser observador y curioso. Cada sello en mi pasaporte, lo consideré como una oportunidad para descubrir algo nuevo y emocionante. También aprendí que los pequeños detalles pueden tener un gran impacto en la experiencia humana. Un simple gesto amable de un extraño en un país extranjero podía hacer que mi día fuera mucho más brillante. Un ingrediente secreto en un plato local podía convertir una comida en una experiencia culinaria inolvidable. Estos detalles, aparentemente pequeños, enriquecieron mi viaje y me conectaron de manera más profunda con las personas y las culturas que encontré en mi camino.

Además, los pequeños detalles me recordaron que la vida está llena de sorpresas y maravillas, si estamos dispuestos a prestar atención. A menudo, eran los pequeños momentos, los gestos inesperados y las observaciones cuidadosas los que hacían que mi viaje fuera verdaderamente especial.

Así que, a medida que continuaba mi aventura con el pasaporte misterioso, mantenía mis sentidos alerta para apreciar los pequeños detalles que se cruzaban en mi camino. Estos detalles no solo enriquecieron mi viaje, sino que también me recordaron que, en la vida, las cosas más extraordinarias a veces se esconden en los lugares más inesperados.

Círculo Dorado

Sin maleta, pero con el misterioso pasaporte en mano, comencé mi viaje en la tierra de fuego y hielo, Islandia. Mi primer destino: el famoso Círculo Dorado, una ruta turística que incluye algunos de los destinos más impresionantes del país.

Mi primer punto de parada fue el Parque Nacional Thingvellir, un lugar repleto de historia y geología. Caminé por las grietas y fisuras que separan las placas tectónicas de América del Norte y Eurasia, un camino serpenteante entre muros de roca que te hacen sentir diminuto ante la inmensidad de la naturaleza. Allí, donde la Tierra misma se abre en un profundo abismo, me di cuenta de que Islandia era mucho más que un destino turístico; era un testimonio vivo de la continua transformación de nuestro planeta.

Luego, me dirigí hacia Geysir, el géiser que le da nombre a todos los demás. Aunque el gran Geysir es ahora en su mayoría inactivo, su hermano menor, Strokkur, ofrece un espectáculo impresionante cada pocos minutos, lanzando agua hirviendo y vapor al cielo. Me quedé allí, embelesado, sintiendo la tierra viva bajo mis pies. Era como si estuviera presenciando la respiración misma del planeta, un recordatorio de la poderosa fuerza que da forma a nuestro mundo.

A corta distancia en coche de Geysir se encuentra Gullfoss, o la cascada de oro. En esta cascada, el río Hvítá se precipita en dos etapas en una grieta de 32 metros de profundidad. El rugido del agua y la fina bruma que creaba un arco iris permanente frente al sol me dejaron sin aliento. Estaba rodeado por la majestuosidad de la naturaleza.

Pero Islandia no sería Islandia sin sus leyendas de criaturas místicas. Mientras recorría el Círculo Dorado, escuché historias de los huldufólk o "gente oculta", seres mágicos que, según la tradición local, viven en las rocas y colinas de la isla. Las historias de trolls y elfos añadieron un toque de encanto y misterio a los paisajes ya surrealistas. De alguna manera, estas leyendas antiguas parecían cobrar vida en los paisajes de Islandia, haciendo que cada rincón del Círculo Dorado fuera una puerta a un mundo de maravillas y mitos.

El Círculo Dorado es un microcosmos de todo lo que hace a Islandia única: la belleza salvaje y desnuda de su naturaleza, su geología activa y viva, y la rica cinta de mitos y leyendas que se entrelazan a través de su cultura. Allí, en las tierras donde el hielo y el fuego conviven, donde las leyendas cobran vida en cada roca y cascada, sentí que mi viaje acababa de comenzar. Y aunque mi maleta seguía perdida, el pasaporte misterioso parecía ser una guía más confiable y emocionante, una llave que abría las puertas de un mundo de asombro y descubrimiento.

Mi exploración del Círculo Dorado de Islandia continuó desvelando maravillas naturales y mitos antiguos que dejaron una impresión imborrable en mi alma aventurera. A medida que avanzaba por esta tierra de contrastes extremos, me sumergía cada vez más en la riqueza de su paisaje y su cultura.

Después de mi encuentro con los poderosos géiseres y la majestuosa cascada Gullfoss, seguí mi camino hacia más descubrimientos. Mi siguiente parada fue en el valle de Haukadalur, un lugar donde el suelo humeante y los géiseres activos creaban una atmósfera casi surrealista. Me senté en silencio, observando cómo el agua hervía y se lanzaba al aire en un espectáculo impresionante.

Era un recordatorio de la fragilidad y la fuerza de la Tierra, un baile eterno de creación y destrucción que había estado ocurriendo mucho antes de que yo pusiera un pie en este lugar.

El Círculo Dorado también me llevó a otros destinos notables, como la iglesia de Skálholt, un sitio histórico que sirvió como centro religioso y educativo en Islandia durante siglos. La arquitectura de madera de la iglesia y su entorno tranquilo contrastaban con la energía explosiva de los geiseres y las cascadas. Era un recordatorio de la diversidad de la cultura y la historia islandesas, donde lo antiguo y lo nuevo conviven en armonía.

A medida que avanzaba, las historias de trolls y elfos continuaban enriqueciendo mi experiencia. Escuché relatos de viajeros que habían encontrado rocas en el camino que los lugareños aseguraban que estaban habitadas por seres mágicos. Aunque mi mente racional a menudo cuestionaba estas creencias, no podía evitar sentir un escalofrío de emoción al explorar estos sitios misteriosos, donde la frontera entre lo real y lo imaginario se difuminaba.

Mi viaje por el Círculo Dorado me dejó con una profunda apreciación por la maravilla de la naturaleza y la capacidad de la humanidad para tejer historias mágicas. Aunque mi maleta seguía perdida en algún lugar, ya no me preocupaba. Había encontrado tesoros mucho más valiosos en mi camino: la belleza de la Tierra, la riqueza de la historia y la magia de la imaginación humana.

Así concluyó mi primer capítulo en la tierra del sol de medianoche. Pero este era solo el comienzo de un viaje que me llevaría a lugares aún más asombrosos y lecciones invaluables. Cada paso que daba en Islandia fortalecía mi resolución de seguir explorando, de abrazar lo desconocido y de encontrar significado en cada detalle, grande o pequeño, que el mundo tenía para ofrecerme. Mi historia estaba lejos de terminar, y las páginas que aún quedaban por escribir prometían aventuras más allá de mis sueños más salvajes.

Desierto del Sahara

Dejé atrás los fríos y místicos paisajes de Islandia, y me adentré en la vastedad del desierto más cálido y grande del mundo: el Sahara. La transición del hielo al calor fue abrupta, pero de alguna manera, la inmensidad desolada del Sahara me recordó la soledad y belleza de los glaciares islandeses.

Mi primer contacto con el Sahara fue a través de una pequeña ciudad en Marruecos llamada Merzouga. Fui recibido con la hospitalidad tradicional marroquí: té de menta, dátiles y pan fresco. Luego, con solo una brújula y un camello terco pero confiable, me adentré en el desierto.

Las dunas del Sahara son tan altas como montañas y cambian constantemente de forma con el viento. La arena, tan fina como polvo, se filtraba entre mis dedos mientras intentaba comprender la magnitud de la inmensidad que me rodeaba. La sensación de aislamiento y vastedad me hizo sentir como si estuviera explorando otro planeta.

Mientras cabalgaba en silencio, contemplando el horizonte naranja y rosa, el cielo se oscureció. En el principio, pensé que sería la noche cayendo, pero pronto me di cuenta de que era algo más. Una tormenta de arena.

Los vientos del Sahara pueden ser implacables, y la tormenta de arena se levantó con rapidez, envolviéndome en una nube de polvo y arena. Mi camello, sabio en los caminos del desierto, se arrodilló y bajó la cabeza, protegiendo sus ojos y pulmones. Yo seguí su ejemplo, envolviendo mi rostro en una bufanda y arrodillandome sobre la arena.

La tormenta duró lo que pareció una eternidad, con la arena azotando como una lluvia incesante. Pero, por más aterrador que fuera, también hubo una belleza en esa furia: la potencia indomable de la naturaleza, la sensación de ser pequeño e insignificante frente a ella, y la consciencia de la lucha constante por la supervivencia que el desierto impone. En medio de la tormenta, me di cuenta de que estaba experimentando una fuerza ancestral que había moldeado este paisaje durante eones.

Después de que la tormenta finalmente se calmó, me vi solo en medio de la vastedad del Sahara, bajo un cielo estrellado que nunca antes me había parecido tan inmenso y brillante. En ese vasto desierto, sentí una profunda conexión con el mundo que nunca habría experimentado de esta manera. Fue un recordatorio de que había superado la furia de la naturaleza y emergido con una apreciación renovada por la vida y la belleza que nos rodea.

El Sahara, con su belleza y su capacidad para enseñar humildad, fue un capítulo vital en mi viaje. Aunque sobrevivir a una tormenta de arena puede no estar en la lista de deseos de todos, me enseñó la capacidad de la naturaleza para inspirar, aterrorizar y, finalmente, transformar. Fue un recordatorio de la fragilidad y la resiliencia de la vida humana en un mundo que a veces puede ser indomable y despiadado, pero que también está lleno de asombro y maravilla para aquellos dispuestos a aventurarse en lo desconocido.

Después de la tormenta de arena en el Sahara, continué mi travesía por este vasto desierto. Cada día, mientras cabalgaba a lomos de mi fiel camello, aprendía lecciones valiosas sobre la resistencia y la adaptación. El paisaje del Sahara cambia constantemente, con dunas que se mueven y crean nuevos patrones en la arena, pero mi determinación de seguir adelante nunca vaciló.

En las noches, acampaba bajo un cielo estrellado que parecía infinito. El silencio del desierto, roto solo por el susurro del viento y el ocasional aullido de un lobo del desierto, me brindaba un profundo sentido de paz y reflexión. Las noches despejadas y sin contaminación lumínica me permitían contemplar las estrellas en su plenitud, y me sentía parte de un universo mucho más grande.

A medida que avanzaba en mi travesía por el Sahara, el misterioso pasaporte que encontré en mi paquete de "consolación" tomó un nuevo significado. Cada sello y visa en sus páginas parecían conectar mi viaje con la rica historia y cultura de las tierras que atravesaba. Me di cuenta de que este pasaporte, aunque no era mío, se había convertido en una especie de guía espiritual en mi viaje, conectándome con las personas y las historias de lugares remotos.

Durante mi tiempo en el Sahara, también me encontré con nómadas tuareg, descendientes de antiguas tribus que han vagado por este desierto durante generaciones. Sus relatos de supervivencia en un entorno tan desafiante me recordaron la fortaleza del espíritu humano. A pesar de la adversidad, encontraron belleza en la simplicidad de la vida en el desierto y compartieron su hospitalidad generosa.

Una vez, el sol del Sahara golpeaba sin piedad en medio del vasto desierto, y el calor era asfixiante. Mi viaje me había llevado a este lugar inhóspito, donde las dunas de arena se extendían infinitamente en todas direcciones. A medida que avanzaba por las dunas, llevando mi sombrero y gafas de sol para protegerme del sol abrasador, sabía que estaba a punto de vivir una experiencia inolvidable.

Mientras caminaba por el ardiente paisaje, me encontré con un grupo de nómadas tuareg, los antiguos habitantes de esta región. Vestidos con sus túnicas de color índigo y envueltos en turbantes que les protegían del calor y la arena, parecían surgir de la nada, como fantasmas del desierto.

Me invitaron a su campamento, una colección de tiendas nómadas hechas de tela de camello. La tela de camello es un tejido que se obtiene a partir de los pelos del camello. Es conocida por ser resistente y duradera. Su textura suele ser áspera pero eficaz para proteger de las condiciones climáticas extremas. Me ofrecieron té de menta, una bebida refrescante en medio del calor sofocante, y me hablaron de su vida en el desierto. A pesar de las condiciones extremas, me contaron historias de belleza y simplicidad, una vida en armonía con la naturaleza que los rodeaba.

Continué mi travesía por el Sahara, maravillándome ante la vastedad de las dunas y las sombras cambiantes que creaban a lo largo del día. Pero las sorpresas no habían terminado. Mientras descansaba a la sombra de una duna, vi algo que nunca esperaba encontrar en este desolado lugar: un oasis.

El oasis era un paraíso escondido en medio del desierto, un lugar donde las palmeras se alzaban orgullosas, y el agua fresca fluía. Me sumergí en la piscina natural, sintiendo cómo la frescura del agua disipaba el calor acumulado.

Pero lo que hizo que mi experiencia en el Sahara fuera realmente inolvidable fue el encuentro con un anciano del oasis. Había vivido allí toda su vida y compartió historias de supervivencia en este entorno implacable. Su conocimiento del desierto era asombroso y, a pesar de la barrera del idioma, su sabiduría era evidente en cada gesto y expresión.

Este encuentro inesperado con los nómadas tuareg, el oasis escondido y el sabio del desierto me enseñó una lección valiosa. En medio de la inmensidad del Sahara, donde todo parecía árido y desolado, la vida y la sorpresa pueden emerger de las formas más inesperadas. A veces, los lugares más extremos nos brindan las experiencias más ricas y nos conectan con personas y culturas que enriquecen nuestro viaje de maneras que nunca imaginamos.

Finalmente, cuando mi travesía por el Sahara llegó a su fin y regresé a la civilización, guardé mi calcetín extra con aún más gratitud. Este modesto objeto había sido testigo de mis desafíos y triunfos en el desierto, y se había convertido en un símbolo de adaptabilidad y resiliencia. A través de la tormenta de arena y las noches estrelladas, había aprendido que la vida puede ser impredecible y a veces implacable, pero también puede ser asombrosa y llena de belleza si estamos dispuestos a enfrentarla con valentía.

El Sahara me había enseñado que, en medio de la adversidad, podemos encontrar nuestra fortaleza interior y una conexión profunda con la naturaleza y el mundo que nos rodea. A medida que dejaba atrás el desierto, sabía que mi viaje estaba lejos de terminar y que nuevas aventuras y lecciones me esperaban en lugares desconocidos. Mi maleta perdida seguía siendo un misterio, pero en su ausencia, había encontrado un tesoro mucho más valioso: un sentido renovado de propósito y aprecio por el viaje de la vida.

Así, con el corazón lleno de historias del Sahara, continué mi travesía por el mundo, sabiendo que en cada rincón, incluso en los lugares más remotos y desafiantes, podía encontrar tesoros de la experiencia humana y la belleza natural.

Himalaya

Viajar a través del Himalaya en una motocicleta fue una experiencia que superó todas mis expectativas. Desde el momento en que aterricé en Nepal, supe que estaba a punto de emprender una aventura única en la vida. Este reino de montañas imponentes y valles verdes me recibió con los brazos abiertos y me desafió a explorar sus terrenos accidentados y su rica cultura.

Subirse a una motocicleta y aventurarse por los picos y valles del Himalaya fue una experiencia emocionante y desafiante. Desde los bulliciosos bazares de Katmandú hasta los tranquilos monasterios de Ladakh, cada día de viaje era una nueva aventura. Las carreteras empinadas y peligrosas, el clima frío y la amenaza constante de la altitud agregaron un elemento de riesgo y emoción a la experiencia, pero cada desafío fue recompensado con vistas impresionantes y encuentros significativos.

Uno de los momentos destacados de mi viaje fue mi visita a un monasterio budista remoto en las montañas. Aquí, tuve la oportunidad de compartir una taza de té con los monjes y escuchar sus historias y enseñanzas. El sonido de los cuencos de canto y las oraciones resonando en las montañas creó una atmósfera de paz y serenidad que fue verdaderamente conmovedora.

La gastronomía local también se convirtió en una parte integral de mi experiencia en el Himalaya. Los momos, una especie de dumpling relleno de carne o verduras, se convirtieron en mi comida reconfortante después de largos días de conducción. Cada bocado era una explosión de sabores auténticos y deliciosos.

A pesar de los desafíos, al final de este capítulo de mi viaje, me llevé conmigo una profunda sensación de libertad que proviene de recorrer las carreteras sinuosas y los pasos de montaña del Himalaya. También me llevé la calma y la sabiduría de los monjes y el sabor de los momos tibetanos. Y, por supuesto, mi pasaporte misterioso, con el sello de Nepal como un recordatorio de esta aventura única en la vida.

El Himalaya, con su belleza imponente y su gente amable, dejó una huella indeleble en mi corazón. Y mientras me preparaba para mi próxima aventura, sabía que siempre llevaría una parte de estas montañas conmigo, un tesoro de experiencias y recuerdos que atesoraría para siempre.

Decidí dirigirme al techo del mundo, el Monte Everest. Sin embargo, debes saber que mi objetivo era más humilde que el de los intrépidos alpinistas que aspiran a alcanzar la cima. Mi meta era llegar hasta el famoso Campo Base del Everest.

Mi emocionante viaje a Nepal comenzó en el pequeño aeropuerto de Lukla, conocido por ser uno de los aeródromos más peligrosos del mundo debido a su corta pista de aterrizaje empinada y ubicada al borde de un acantilado. Desde Lukla, emprendí la extensa caminata que me llevaría a través de los impresionantes paisajes del Himalaya hasta el Campo Base del Everest.

El camino hacia el Campo Base del Everest estaba plagado de desafíos inigualables. La altitud, el terreno escarpado, el clima impredecible y el temido "mal de altura" se unían para poner a prueba mi resistencia física y mental. Cada paso requería un esfuerzo monumental, y cada respiración era un recordatorio constante de la falta de oxígeno en la altitud extrema. Pero a pesar de los desafíos, cada día también brindaba vistas panorámicas de las majestuosas montañas del Himalaya, paisajes que robaban el aliento y recordaban la magnificencia de la naturaleza.

Una de las experiencias más memorables de este viaje fue la oportunidad de conocer a personas increíbles. Los sherpas, los habitantes locales del Himalaya, son una comunidad excepcionalmente resistente y acogedora. Viven y trabajan en altitudes donde la mayoría de nosotros apenas podemos respirar. A lo largo de mi travesía, me brindaron su ayuda, compartieron su sabiduría y me abrieron sus hogares, enseñándome lecciones profundas sobre la perseverancia y la hospitalidad en condiciones adversas.

Después de días de agotadora caminata, finalmente alcancé el Campo Base del Everest. Este lugar, rodeado por las majestuosas montañas del Himalaya, se asemejaba a un colorido y vibrante campamento base de exploradores de todo el mundo, todos allí por una razón común: su determinación de conquistar el Monte Everest.

Aunque no alcancé la cima de la montaña más alta del mundo, el simple hecho de estar en el Campo Base, me hizo sentir como si hubiera conquistado mi propio "Everest" personal. Sentado en el glaciar de Khumbu, rodeado de las cumbres que rozaban el cielo, llegué a comprender que cada viaje, cada experiencia, es única para el viajero. Mi corazón latía al ritmo de la grandeza de las montañas, y mi alma se llenaba de gratitud por la oportunidad de estar allí.

El Everest, con su majestuosidad indomable y sus desafíos inquebrantables, me brindó lecciones de resistencia y humildad. A pesar de no haber escalado hasta la cima, cada paso que di hacia el

Campo Base fue una conquista personal, una prueba de mi fuerza interior y determinación. Fue una experiencia que grabé en lo más profundo de mi ser, una lección que nunca olvidaré.

En lo más profundo de mi mochila, el pasaporte misterioso parecía aprobar mi elección. Sus sellos y visas, que contaban historias de lugares lejanos y desafíos superados, se convirtieron en una representación tangible de mi compromiso de explorar el mundo, superar obstáculos y encontrar significado en cada paso de mi viaje.

Mientras estaba en el Campo Base del Everest, rodeado por la majestuosidad del Himalaya, reflexioné sobre la magnitud de lo que había logrado. A pesar de no haber alcanzado la cumbre, me sentía en la cima del mundo. Había experimentado la grandeza de la naturaleza en su forma más extrema y había forjado conexiones con personas cuyas vidas estaban intrínsecamente ligadas a estas montañas sagradas.

El Campo Base del Everest, con sus tiendas de campaña coloridas y su atmósfera vibrante, era un microcosmos de la diversidad humana y la unidad en la búsqueda de un objetivo común. Compartí historias con montañeros de todo el mundo, escuchando relatos de triunfos y desafíos en montañas de todo el mundo. Nos unía una pasión por la aventura y un respeto profundo por las maravillas naturales que nos rodeaban.

A medida que me sumergía en la cultura sherpa y compartía conversaciones junto a fogatas en las frías noches del Himalaya, me di cuenta de que mi viaje al Campo Base del Everest no se trataba solo de llegar a un lugar geográfico. Era una búsqueda de autodescubrimiento, una exploración de mis propios límites y una lección sobre la importancia de perseverar en la adversidad.

El ascenso al Campo Base del Everest fue un desafío único y revelador. Cada paso que di en ese terreno agreste y cada encuentro con los habitantes de estas tierras altas me recordaron la resistencia humana y la belleza del mundo natural. Aunque no llevaba una maleta llena de comodidades, me sentía enriquecido por la experiencia y llevaba conmigo recuerdos imborrables.

Con el Campo Base del Everest en mi memoria y el pasaporte lleno de posibilidades, me despedí de las alturas del Himalaya, sabiendo que mi viaje estaba lejos de terminar. A medida que me aventuraba hacia nuevos horizontes, cargaba conmigo las lecciones aprendidas en cada lugar y la promesa de seguir explorando, abrazando lo desconocido y encontrando significado en cada paso de mi travesía.

Verano en la Antártida

El Himalaya había sido un viaje emocionante y desafiante, pero nada me podría haber preparado para lo que vendría a continuación. Desde las altas montañas de Asia, me dirigí hacia el extremo sur del mundo: la Antártida.

Aterrizar en el continente más frío y remoto del mundo fue una experiencia surrealista. Rodeado de un paisaje blanco inmaculado y el brillo del sol de medianoche, sentí que había llegado a otro planeta.

El campamento base era una serie de estructuras modulares, cálidas y acogedoras en medio de la vastedad helada. Las temperaturas eran severamente frías, incluso en el verano antártico, y la nieve y el hielo eran omnipresentes.

La fauna local consistía principalmente en pingüinos, focas y aves marinas. Observar a los pingüinos en su hábitat natural, sin miedo a los humanos, fue fascinante. También tuve la suerte de ver una ballena en la distancia, un gigante gentil surcando las frías aguas antárticas.

El sol de medianoche era otro fenómeno notable. El sol no se ponía durante varias semanas, creando un efecto de luz continua que era desorientador, pero también mágico.

Aunque la Antártida es un lugar inhóspito y desafiante, también es de una belleza indescriptible. Los vastos campos de hielo, los icebergs flotando en el agua y el cielo constantemente iluminado me dejaron una impresión profunda.

El verano en la Antártida es un fenómeno único y fascinante. Aunque la mayoría de las personas asocian a la Antártida con frío extremo y oscuridad perpetua, el continente helado experimenta un corto pero vibrante período de verano que atrae a científicos, aventureros y amantes de la naturaleza de todo el mundo. Este período, que abarca desde finales de noviembre hasta principios de marzo, es la única temporada en la que la Antártida se torna más accesible y menos hostil.

Uno de los aspectos más sorprendentes del verano antártico es la larga duración de la luz del día. Durante diciembre y enero, el sol brilla las 24 horas del día, creando un ambiente casi surrealista en el que es posible realizar actividades al aire libre en plena noche. Este fenómeno, conocido como "sol de medianoche", ofrece oportunidades únicas para la exploración y la investigación científica.

El verano antártico es la temporada en la que la vida silvestre florece en el continente. Aves marinas, como los pingüinos y los albatros, regresan a la región para reproducirse y criar a sus crías. Las aguas cercanas a la costa se llenan de krill y otros organismos marinos, lo que atrae a una gran cantidad de mamíferos marinos, como las ballenas y las focas, que se alimentan de esta abundante fuente de alimento.

Para los científicos y exploradores que visitan la Antártida durante el verano, esta es la temporada de trabajo intensivo. Los investigadores aprovechan las condiciones más benignas para llevar a cabo estudios en áreas que, de otra manera, serían inaccesibles debido al clima extremo del invierno. Estas investigaciones abarcan una amplia gama de disciplinas, desde la climatología y la glaciología hasta la biología marina y la astrofísica.

A pesar de las condiciones relativamente más suaves del verano, la Antártida sigue siendo un lugar desafiante y remoto.

El verano en la Antártida es una ventana fugaz de vida y actividad en un continente que, por lo demás, está envuelto en hielo y oscuridad. Es una oportunidad para estudiar y apreciar la belleza y la diversidad de este ecosistema único, al tiempo que se reconoce la importancia de su conservación y protección para las generaciones futuras.

Este capítulo de mi viaje me enseñó sobre la resiliencia y la adaptación. La vida en la Antártida es dura, pero las criaturas que habitan aquí han encontrado formas de sobrevivir y prosperar.

Con el sello de la Antártida en mi pasaporte misterioso, me preparé para la siguiente etapa de mi viaje. Aunque estaba ansioso por explorar nuevos lugares, sabía que siempre recordaría la belleza y la serenidad del sol de medianoche en la Antártida.

Alice Springs

El contraste entre la Antártida y mi siguiente destino no podría haber sido mayor. Dejé el frío eterno y la soledad de la Antártida para sumergirme en el calor y el color de Australia.

El primer contacto con el país fue en la bulliciosa ciudad de Sydney. Con su icónico Sydney Opera House y el Harbor Bridge, la ciudad era un torbellino de actividad, una mezcla vibrante de lo antiguo y lo nuevo. Pasé mis primeros días explorando sus calles, museos, y por supuesto, las famosas playas de Bondi y Manly.

Pero lo que realmente había venido a buscar era la vida salvaje de Australia. Así que me dirigí al interior, a la vasta y árida Outback. Aquí, en el corazón del continente, experimenté el verdadero espíritu australiano.

Alice Springs, un remoto rincón de Australia, fue uno de los lugares más especiales que tuve el privilegio de visitar en mis viajes. Mi encuentro con los canguros en esta región desértica fue una experiencia que quedó grabada en mi memoria.

Mientras exploraba Alice Springs, quedé maravillado por la belleza árida del entorno. Las vastas extensiones de desierto, las montañas escarpadas y los cielos infinitos crearon un paisaje impresionante. Pero lo que realmente hizo que mi visita fuera inolvidable fue la oportunidad de ver canguros en su hábitat natural.

Fue en el Parque Nacional de las Montañas MacDonnell donde tuve mi primer encuentro cercano con estos icónicos marsupiales. Mientras caminaba por los senderos del parque, de repente, vi a lo lejos una manada de canguros saltando con gracia por el paisaje. Su movimiento elegante y su aparente facilidad para saltar distancias sorprendentes me dejaron sin aliento.

Decidí seguir a la manada a una distancia segura, observando cómo pastaban y socializaban entre ellos. Me sorprendió su comportamiento tranquilo y su adaptación al entorno desértico. Fue un recordatorio de la asombrosa diversidad de la vida en nuestro planeta y de la capacidad de los animales para adaptarse a las condiciones más extremas.

Mi experiencia con los canguros no se limitó a la observación desde lejos. También tuve la oportunidad de visitar un refugio de vida silvestre local, donde pude acercarme aún más a estos animales. Allí, pude alimentar a los canguros y aprender sobre su anatomía, comportamiento y su importancia en la cultura australiana.

Los canguros no son solo símbolos de Australia, son criaturas fascinantes que han evolucionado de manera única para sobrevivir en este entorno desafiante. Durante mi tiempo en Alice Springs, no solo aprendí sobre su biología y comportamiento, sino que también me enamoré de su gracia y singularidad.

En Alice Springs, tuve mi primer encuentro con los canguros. Estos animales fascinantes se convirtieron en una parte inseparable de mi viaje a Australia. Verlos saltar en la vastedad del Outback fue un espectáculo verdaderamente único. Mi encuentro con los canguros en Alice Springs fue un recordatorio de la asombrosa diversidad de la vida en la Tierra y de la importancia de preservar estos hábitats únicos. Esta experiencia dejó una huella profunda en mi corazón y en mi pasaporte misterioso, un sello que siempre recordaré con cariño en mis futuros viajes.

Pero no todo fue salvaje en Australia. En Melbourne, probé el Vegemite, una pasta oscura y salada que los australianos aman. Debo admitir que su sabor peculiar me tomó por sorpresa, pero con el tiempo, llegué a apreciar su sabor distintivo y su lugar en la cultura australiana.

Finalmente, una visita a la Gran Barrera de Coral me dejó asombrado por la belleza y diversidad de la vida marina. Nadar junto a las tortugas marinas, admirar los coloridos corales y esquivar a los curiosos peces payaso fue una experiencia increíble.

Mi tiempo en Australia fue una mezcla de ciudades vibrantes, naturaleza salvaje y experiencias culturales. Con su clima soleado, su fauna única y su gente amigable, Australia se ganó un lugar en mi corazón. Mi pasaporte misterioso, con el sello de Australia, era un recordatorio constante de las experiencias que había vivido y las que estaban por venir.

La Tomatina de Buñol

Adentrarme en la locura de La Tomatina de Buñol, España, fue un cambio radical en mi travesía. La Tomatina es una celebración que se lleva a cabo el último día de agosto y es conocida por ser una de las festividades más extravagantes y pintorescas del mundo. Su premisa, aunque simple, es inusual y fascinante: una batalla de tomates en las calles de este pequeño pueblo de la Comunidad Valenciana.

El inicio de La Tomatina se marcó con la señal de un cohete, seguido de la llegada de un camión repleto de tomates maduros a la plaza del pueblo. En un abrir y cerrar de ojos, el aire se llenó de un rojo brillante y jugoso. Los tomates volaban en todas direcciones, las risas y los gritos llenaban el ambiente, y el entusiasmo se apoderaba de todos los presentes. Me encontré en medio de la acción, siendo golpeado, manchado y empapado en jugo de tomate, pero cada golpe solo aumentaba la diversión y la emoción del momento.

Cada calle se convertía en un río de salsa de tomate, y la gente de todas las edades, locales y turistas por igual, participaba en esta batalla con un entusiasmo contagioso. En el caos de la Tomatina, todos éramos iguales: reyes y plebeyos, jóvenes y ancianos, todos estábamos unidos por el amor al tomate y la alegría del momento.

La Tomatina no es simplemente una batalla de tomates; es una fiesta que celebra la comunidad, el absurdo y la diversión sin sentido. En medio del bullicio y el caos, me di cuenta de que, a veces, uno necesita soltar las inhibiciones, ensuciarse un poco (o mucho) y simplemente disfrutar del momento presente sin preocupaciones ni ataduras.

Finalmente, cuando el segundo cohete marcó el fin de la batalla, me quedé en medio de la plaza, cubierto de tomate de pies a cabeza, pero con una sonrisa que no podía borrar. A mi alrededor, el pueblo entero parecía un cuadro abstracto de rojo y risas, una imagen que nunca olvidaría.

Mientras me lavaba en una de las mangueras proporcionadas por los amables vecinos, no pude evitar reírme de la ridícula y maravillosa situación en la que me encontraba, todo gracias a una maleta perdida y un pasaporte misterioso.

La Tomatina, con su glorioso caos, me enseñó que, a veces, viajar no se trata solo de ver lugares hermosos o aprender nuevas culturas. A veces, se trata simplemente de vivir el momento, de unirse a una batalla de tomates y disfrutar de cada golpe, de cada risa compartida, y de la camaradería que se encuentra en la experiencia compartida. Esta peculiar fiesta me recordó la importancia de la espontaneidad y la diversión en la vida y cómo un simple evento puede convertirse en uno de los momentos más inolvidables de un viaje.

Después de La Tomatina, me quedé en Buñol por un tiempo, observando cómo las calles volvían a la normalidad después de la batalla de tomates. La plaza del pueblo, que había sido un campo de batalla momentos antes, se convirtió nuevamente en un lugar tranquilo donde los lugareños compartían historias y risas mientras limpiaban el desorden.

La Tomatina no era solo una locura momentánea, sino un evento que unía a la comunidad de Buñol y atraía a visitantes de todo el mundo para participar en esta celebración única. Durante esos días, fui testigo de cómo la gente de diferentes culturas se unía en un espíritu de diversión y camaradería, recordándome que la alegría y la celebración pueden trascender las barreras del idioma y la nacionalidad.

A medida que abandoné Buñol y continué mi viaje, llevé conmigo más que solo manchas de tomate en mi ropa. Llevé la lección de que, a veces, es importante dejar de lado la seriedad y disfrutar de las cosas simples y divertidas de la vida. La Tomatina me recordó que los momentos de alegría y absurdo son tan valiosos como cualquier otro aspecto de un viaje.

Mi pasaporte misterioso, con su mezcla de sellos de lugares remotos y ahora una mancha de tomate de Buñol, era un testimonio de las diversas experiencias que había vivido en mi viaje. Cada sello era una prueba de que el mundo estaba lleno de aventuras y sorpresas inesperadas, y que la verdadera riqueza de la vida radica en las experiencias compartidas y en la apertura a las maravillas que nos ofrece el mundo.

Así que, con una sonrisa en el rostro y una nueva apreciación por las celebraciones únicas del mundo, continué mi viaje, listo para abrazar lo que viniera a continuación. Porque, como había aprendido a lo largo de mi viaje de maleta perdida y pasaporte misterioso, a veces son las experiencias más inesperadas las que nos enriquecen y nos recuerdan la belleza de vivir en el momento presente.

Mi viaje de maleta perdida y pasaporte misterioso continuó sorprendiéndome a medida que exploraba nuevos destinos y vivía experiencias únicas en diferentes partes del mundo. Cada capítulo de mi travesía me recordaba que la vida está llena de sorpresas y que las lecciones más valiosas a veces provienen de las situaciones más inesperadas.

Monte Fuji

Mi siguiente parada me llevó a un lugar tan distante y fascinante como cualquiera de mis anteriores destinos: Japón. Aunque este país era conocido por su mezcla de tradición y modernidad, lo que me esperaba en mi viaje a Japón iba a ser una experiencia que cambiaría mi perspectiva de manera sorprendente.

Mi llegada a Japón marcó el inicio de una inmersión profunda en la cultura y las tradiciones japonesas. Desde las animadas calles de Tokio hasta los tranquilos templos de Kioto, descubrí un país donde la antigua espiritualidad coexistía armoniosamente con la tecnología de vanguardia.

A medida que me aventuraba en las calles de Tokio, una metrópolis que parecía sacada de una película de ciencia ficción, me encontré con una ciudad que nunca dejaba de sorprenderme. Los rascacielos futuristas se alzaban junto a santuarios centenarios, creando un contraste asombroso. Y mientras exploraba la ciudad, una lección clave se hizo evidente: la importancia de la armonía en la vida diaria y el respeto por las tradiciones y la naturaleza.

La visita al Monte Fuji fue, sin lugar a dudas, uno de los momentos más memorables y reveladores de mi viaje a Japón. Mientras ascendía lentamente por la majestuosa montaña, rodeado de una belleza natural sobrecogedora y una serenidad que parecía impregnar el aire, comencé a comprender la profunda conexión que los japoneses tienen con la naturaleza y cómo esta relación ha influido en todos los aspectos de su cultura y forma de vida.

El Monte Fuji, con su cumbre cubierta de nieve y su forma icónica, es un símbolo sagrado y un ícono nacional en Japón. Para muchos japoneses, es más que una montaña; es una deidad, un lugar de peregrinación espiritual y un recordatorio constante de la fragilidad y la belleza de la vida.

A medida que avanzaba en mi ascenso, me encontraba rodeado de un paisaje asombroso: densos bosques de pinos, lagos cristalinos y vistas panorámicas que se extendían hasta donde alcanzaba la vista. Cada paso que daba era una lección en humildad y respeto por la naturaleza. Los japoneses comprenden profundamente que son solo visitantes en este mundo natural y que deben tratarse con respeto y reverencia.

Durante mi ascenso, también tuve la oportunidad de interactuar con algunos lugareños que realizaban el mismo viaje. Sus rostros reflejaban determinación y reverencia a medida que avanzaban con gracia por el sendero. Pude percibir su profundo respeto por la montaña y su aprecio por la experiencia espiritual que representa.

La visita al Monte Fuji también me permitió experimentar de primera mano la rica tradición japonesa de la observación de la naturaleza y la búsqueda de la belleza en la simplicidad. Cada detalle, desde las piedras alineadas cuidadosamente en los senderos hasta los templos y santuarios que se encuentran en las laderas de la montaña, estaba imbuido de significado y armonía con el entorno natural.

Alcanzar la cumbre del Monte Fuji fue un logro personal, pero también una conexión con una cultura y una filosofía que valora la relación con la naturaleza como esencial para la vida. Mientras miraba desde la cumbre, rodeado de otros viajeros y con el vasto paisaje ante mis ojos, me di cuenta de que esta experiencia había dejado una impresión duradera en mi alma. La visita al Monte Fuji me recordó la importancia de conectarnos con la naturaleza, apreciar su belleza y tratarla con el respeto que se merece. En ese momento, comprendí por qué los japoneses consideran al Monte Fuji como un tesoro nacional y espiritual, y cómo esta conexión con la naturaleza ha dado forma a su cultura y forma de vida a lo largo de los siglos.

Pero mi viaje por Japón también me llevó a sumergirme en el mundo del arte y la creatividad japonesa. Desde el arte del origami hasta la ceremonia del té, cada expresión artística estaba imbuida de significado y precisión. Aprendí que la belleza no solo residía en el resultado final, sino en el proceso y la dedicación que se le dedicaba.

Y, por supuesto, no puedo olvidar la experiencia culinaria en Japón. Desde el sushi fresco en los mercados locales hasta los platos de ramen humeante en pequeñas tiendas callejeras, cada comida era una obra maestra en sí misma. Aprendí que la comida no solo es una necesidad, sino una forma de arte y una expresión de amor y cuidado.

A medida que mi viaje por Japón llegaba a su fin, me di cuenta de que esta tierra de contrastes y tradiciones había dejado una huella imborrable en mi corazón y mi mente. Había aprendido lecciones de humildad, respeto y aprecio por la belleza en las cosas simples.

Mi maleta perdida y el pasaporte misterioso me habían llevado a través de paisajes y culturas diversas, pero lo que más valoraba eran las lecciones y las experiencias que había adquirido en el camino. A medida que me preparaba para mi próximo destino, no sabía lo que el futuro tenía reservado para mí, pero estaba ansioso por descubrirlo, porque había aprendido que en cada experiencia, en cada encuentro, siempre hay algo por descubrir y aprender. La vida misma es un viaje en el que todos somos protagonistas, y yo estaba listo para continuar escribiendo mi historia, donde cada capítulo era una aventura única e inolvidable.

Mi llegada a Tokio, la vibrante capital de Japón, marcó el comienzo de una aventura que me sumergió en una ciudad donde la tradición y la modernidad conviven en armonía, creando un contraste fascinante. En esta metrópolis que nunca duerme, las luces de neón parpadean sobre rascacielos imponentes, mientras los antiguos santuarios ofrecen refugio sereno en medio del caos urbano.

Mi primera parada me llevó a Shibuya, el hogar del icónico cruce de Shibuya, donde cientos de personas cruzan en todas direcciones cada vez que el semáforo cambia. Este espectáculo hipnótico de la vida urbana en su máxima expresión me dejó atónito. Pero no muy lejos de allí, encontré calma en el Santuario Meiji, un oasis verde de serenidad en medio de la metrópoli. Me maravilló cómo Tokio logra equilibrar el bullicio urbano y la tranquilidad tradicional a solo unos pasos de distancia.

Mi siguiente destino fue Akihabara, conocida como la ciudad eléctrica, que palpita con la cultura otaku. Sus tiendas de anime, videojuegos y electrónica son un paraíso para los amantes de la cultura pop japonesa. Aquí, tuve la oportunidad de sumergirme en una parte fundamental de la cultura moderna japonesa.

Explorar Tokio de noche fue una experiencia completamente distinta. Las luces de neón bañaban la ciudad en un resplandor casi mágico. Roppongi, famoso por su animada vida nocturna, se convirtió en mi lugar preferido para experimentar la energía nocturna de Tokio.

Sin embargo, Tokio no era solo luces brillantes y emoción constante. Con su inmensa población y su complejo sistema de transporte, perderse era fácil, y eso fue precisamente lo que me sucedió. Pero como en otros momentos de mi viaje, perderme se convirtió en una oportunidad para descubrir nuevos tesoros, como un pequeño restaurante de ramen escondido en un callejón que sirvió el mejor ramen que jamás había probado.

Mi tiempo en Tokio, con su mezcla de luces deslumbrantes, ritmo vertiginoso y fusión de lo antiguo y lo nuevo, fue una experiencia inolvidable. A pesar de las barreras del idioma y las diferencias culturales, la amabilidad y la hospitalidad de la gente local hicieron que mi viaje fuera aún más enriquecedor. Y aunque a menudo me sentía "perdido" en la inmensidad de Tokio, cada experiencia fue una lección valiosa, un recordatorio de que la belleza del viaje radica en la diversidad de nuestras vivencias.

Y así, con las luces brillantes de Tokio desvaneciéndose en el horizonte, me dirigí hacia mi próximo destino, con el pasaporte misterioso en mi bolsillo y la promesa de nuevas aventuras en el horizonte. Cada capítulo de mi viaje me enseñaba que el mundo era vasto y diverso, y que cada experiencia dejaba una huella imborrable en mi corazón y mi mente. La vida misma era un viaje, y yo estaba dispuesto a abrazar cada momento y cada destino que el mundo tenía para ofrecer.

Desierto de Atacama

Después de explorar la agitación de Tokio, decidí sumergirme en la tranquilidad del Desierto de Atacama en Chile. Este vasto y árido paisaje, uno de los desiertos más secos del mundo, es conocido por su belleza desértica, sus cielos estrellados y sus impresionantes salares.

Mi viaje me llevó a San Pedro de Atacama, un pequeño pueblo que se ha convertido en el punto de partida para explorar la región. Desde allí, me aventuré hacia el Salar de Atacama, un vasto mar de sal que se extiende hasta donde alcanza la vista. La inmensidad del lugar era abrumadora, y caminar sobre la superficie crujiente de la sal me hizo sentir como si estuviera en otro planeta.

Por la noche, el Desierto de Atacama se transforma en uno de los mejores lugares del mundo para observar las estrellas. Me uní a un grupo de astrónomos aficionados y profesionales para contemplar el cielo nocturno. La claridad y la falta de contaminación lumínica permitieron ver estrellas, planetas y galaxias en una profusión que jamás había experimentado. Fue una lección de humildad frente a la vastedad del universo.

Otro punto destacado de mi visita al desierto fue el Valle de la Luna, un paisaje lunar que parece sacado de una película de ciencia ficción. Las formaciones rocosas extrañas y los colores cambiantes del valle crearon un ambiente surrealista que te transporta a otro mundo.

Pero el Desierto de Atacama también esconde secretos más antiguos en forma de petroglifos, grabados en las rocas por antiguas culturas que habitaron la región hace miles de años. Estos misteriosos diseños hablan de una conexión profunda entre el ser humano y su entorno natural.

En este lugar de contrastes sorprendentes, me encontré reflexionando sobre la escala del tiempo y la belleza de la naturaleza en su forma más cruda. El Desierto de Atacama me recordó que, aunque a menudo nos perdemos en el ajetreo y el bullicio de la vida moderna, la Tierra guarda lugares de asombrosa belleza y misterio que nos esperan.

En medio del vasto y árido paisaje del Desierto de Atacama, mi calcetín extra, ese modesto amuleto de la buena suerte, desplegó una sorprendente versatilidad. En un entorno donde cada objeto valía su peso en oro, mi calcetín se transformó en un aliado inesperado.

Mientras exploraba el desierto bajo el abrasador sol, me encontré en la necesidad de llevar algunos objetos pequeños, como una concha marina que encontré cerca de una salina o unas piedras de colores que recogí en medio de la vastedad desértica. Sin embargo, no tenía una bolsa o mochila para llevar estos tesoros temporales.

En ese momento de necesidad, mi calcetín extra se convirtió en un improvisado bolsillo. Cuidadosamente, coloqué los objetos dentro del calcetín y anudé la parte superior para asegurarme de que no se perdieran. El calcetín, ahora repleto de pequeños tesoros, pendía de mi cinturón, convirtiéndose en un peculiar pero efectivo compartimento portátil.

Mientras continuaba explorando el Desierto de Atacama, mi calcetín seguía guardando esos pequeños tesoros y, a su manera modesta, se convirtió en un recordatorio de la adaptabilidad y la utilidad de las pequeñas cosas. Incluso en uno de los lugares más desafiantes de la Tierra, demostró que la simplicidad y la creatividad podían ayudarnos a superar obstáculos y aprovechar al máximo nuestras aventuras. El calcetín extra, en medio de un paisaje asombroso y desafiante, seguía demostrando que las soluciones a menudo se encuentran en los lugares menos esperados.

El pasaporte misterioso, con sus sellos de destinos lejanos y desafiantes, seguía siendo mi compañero constante en este viaje.

Cada nuevo lugar, cada experiencia, cada lección me llevaba más profundamente en el libro de mi vida, en una historia que estaba lejos de terminar.

Ciudad de México

La Ciudad de México, un crisol de historia, cultura, y sí, caos. Aquí, los rascacielos modernos se mezclan con las antiguas pirámides aztecas y las coloridas casas coloniales.

Mi primera parada fue el Zócalo, el corazón de la ciudad. Esta plaza, una de las más grandes del mundo, está rodeada de emblemáticos edificios, como la Catedral Metropolitana y el Palacio Nacional. Allí, fui testigo de la rica historia de México, desde la época prehispánica hasta la colonización española y la época moderna.

La Ciudad de México es famosa por su vibrante escena culinaria. Me aventuré en los numerosos puestos de comida callejera, probando delicias como los tacos al pastor, el pozole, y los tamales. Cada bocado era un estallido de sabor, una combinación de ingredientes frescos y técnicas culinarias ancestrales.

Pero no todo fue sencillo. La Ciudad de México es enorme y el tráfico puede ser un desafío. En una ocasión, me perdí en el laberinto de calles y callejones del barrio de Coyoacán. Pero incluso ese percance resultó ser una bendición disfrazada cuando terminé en una encantadora plaza local, donde un grupo de mariachis me deleitó con su música.

También visité la Casa Azul, la casa y estudio de la famosa artista Frida Kahlo. Las paredes azules cobalto de la casa encerraban una visión fascinante de su vida y obra, ofreciendo una visión profunda de una de las artistas más emblemáticas de México.

Mi tiempo en la Ciudad de México fue una montaña rusa de experiencias. De la historia y la cultura a la comida y la música, cada día traía nuevas aventuras y desafíos. Y a través de todo, el pasaporte misterioso era mi constante compañero, un recordatorio de que cada desvío, cada desventura, era simplemente otra parte del viaje.

La Ciudad de México, con su mezcla de lo antiguo y lo nuevo, su caos y su encanto, me mostró que la belleza se puede encontrar en los lugares más inesperados. Y que, a veces, perderse puede ser la mejor manera de encontrarse.

Ciudad de México fue un caleidoscopio de colores, sabores y sonidos, un lugar donde cada esquina revelaba una nueva sorpresa. Me sumergí en su cultura y me dejé llevar por la vitalidad de la ciudad. La mezcla de lo antiguo y lo moderno creaba una dinámica única, donde las pirámides aztecas convivían con rascacielos relucientes.

Exploré la zona arqueológica de Teotihuacán, donde caminé por la Avenida de los Muertos y ascendí a la cima de las pirámides del Sol y la Luna. Desde allí, contemplé la inmensidad de la antigua ciudad y me maravillé con la destreza de los constructores de hace milenios.

Una de las experiencias más memorables fue presenciar la celebración del Día de los Muertos en Xochimilco. Los canales estaban adornados con coloridas ofrendas y flores de cempasúchil, y las familias se reunían para honrar a sus seres queridos fallecidos. La atmósfera estaba llena de nostalgia y celebración, y participar en esta tradición me permitió comprender la profunda conexión de México con sus raíces y su respeto por la vida y la muerte.

La gastronomía de México también dejó una impresión duradera en mí. Desde los puestos callejeros que ofrecen tacos de carnitas hasta los restaurantes más elegantes que sirven mole y tlayudas, cada comida era una experiencia culinaria única. La diversidad de ingredientes y sabores me recordó que la comida es una parte fundamental de la cultura mexicana.

Y aunque enfrenté algunos desafíos, como el tráfico por las caóticas calles, siempre encontré ayuda y amabilidad en los lugareños. La Ciudad de México es un lugar donde la gente se preocupa por los demás y está dispuesta a compartir su cultura y su historia.

Río de Janeiro

En Río de Janeiro, cada día era una celebración, una muestra de cómo la vida puede ser vivida con pasión y alegría. El ritmo de la samba, los partidos de fútbol en la playa y las noches de baile en los clubes me recordaban que la vida está hecha para disfrutarla al máximo.

Exploré el corazón histórico de Río en el barrio de Santa Teresa, donde las calles adoquinadas y las mansiones antiguas evocaban la elegancia de tiempos pasados. También visité el barrio de Lapa, famoso por su arco del triunfo y su vida nocturna vibrante, donde la música y la danza eran una constante.

Uno de los aspectos más notables de Río es su diversidad cultural. La ciudad es un crisol de culturas y etnias, lo que se refleja en su cocina. Probé deliciosas comidas brasileñas, desde feijoada hasta acarajé, y descubrí que cada plato tenía una historia que contar sobre la rica herencia del país.

Pero no todo fue fiesta y diversión. Río también tiene sus desafíos, como la brecha entre ricos y pobres y la lucha contra la delincuencia en algunas áreas. Sin embargo, los cariocas continúan enfrentando estos desafíos con valentía y determinación, encontrando alegría incluso en medio de las dificultades.

Río de Janeiro me recordó que la vida está llena de ritmo y pasión, y que cada día es una oportunidad para disfrutarla al máximo. Fue un capítulo inolvidable en mi viaje, y el pasaporte misterioso seguía siendo mi compañero constante, marcando cada experiencia y recordándome que el mundo estaba lleno de maravillas por descubrir.

La selva amazónica

Explorar la selva amazónica fue un viaje que desafió mis expectativas y me sumergió en un mundo completamente diferente. La Amazonia es un lugar de maravillas naturales y misterios insondables que dejan una impresión duradera en todos los que tienen la oportunidad de experimentarla.

Desde el momento en que llegué a Manaus, una ciudad en medio de la selva amazónica, supe que estaba a punto de embarcarme en una aventura única. Los ríos sinuosos, la exuberante vegetación y los sonidos de la selva tropical me rodeaban, creando un ambiente mágico y fascinante. Cada paso más profundo en la selva parecía llevarme a un mundo aparte, alejado de las comodidades de la vida moderna.

Uno de los aspectos más destacados de mi viaje fue la observación de la increíble biodiversidad de la Amazonia. Desde la majestuosidad de los monos y la sorprendente variedad de aves coloridas hasta los asombrosos encuentros con las temidas pirañas, cada experiencia me recordó la importancia de proteger estos ecosistemas únicos en la Tierra. La selva amazónica es un tesoro de la naturaleza que merece ser preservado para las generaciones futuras.

Además de la fauna y la flora, tuve la oportunidad de conocer a las comunidades indígenas que han vivido en la Amazonia durante siglos. A través de su hospitalidad, aprendí sobre su profundo conocimiento de la selva y su respeto por la tierra y los recursos naturales. Fue un recordatorio poderoso de cómo la convivencia con la naturaleza puede ser armoniosa y sostenible.

Las noches en la selva eran una experiencia completamente diferente. Los sonidos de la selva durante la noche eran una sinfonía de vida que me rodeaba. Escuchar el canto de insectos, el aullido de los monos y el susurro de las hojas en la brisa nocturna me conectaba de manera profunda con la naturaleza y sus ciclos.

La búsqueda de El Dorado, la legendaria ciudad de oro, fue una parte emocionante de mi aventura en la selva amazónica. Sin embargo, a pesar de mi entusiasmo y de explorar profundamente la densa jungla, lamentablemente, no logré encontrar rastro alguno de esta mítica ciudad.

El Dorado ha sido durante mucho tiempo una fascinación para exploradores y aventureros, pero su ubicación exacta ha sido objeto de debate y especulación durante siglos. Aunque mi búsqueda no tuvo éxito en términos de descubrir la ciudad dorada, lo que encontré en su lugar fue igualmente valioso: una apreciación más profunda por la inmensidad y la belleza de la selva amazónica, así como una mayor comprensión de la riqueza de su vida silvestre y la cultura de las comunidades que la habitan.

En las profundidades de la selva amazónica, donde la densa vegetación se cierra en un abrazo constante con la tierra húmeda, donde los ríos serpentean como las arterias de la Tierra, conocí a un grupo de intrépidos defensores de la naturaleza que se embarcaban en una misión crucial: proteger el pulmón del mundo.

Los guardianes de la selva, como se hacían llamar, provenían de diferentes rincones del mundo, pero compartían una pasión común: la preservación de este ecosistema único y vital. Armados no con armas, sino con conocimiento y compasión, se enfrentaron al desafío de luchar contra la tala ilegal, la minería y la explotación en una de las regiones más remotas y peligrosas del planeta.

Cada día, estos defensores se aventuraban más allá de los senderos trillados, internándose en la selva con mochilas cargadas de esperanza y un profundo respeto por la naturaleza. Se encontraban con una vida silvestre diversa, desde los monos aulladores que saludaban el amanecer con su rugido inconfundible hasta las coloridas aves que adornaban los árboles con su plumaje resplandeciente.

Sin embargo, su trabajo no era solo explorar y maravillarse con la belleza de la selva. También documentaban y luchaban contra las amenazas a la selva. En una ocasión, encontraron un campamento ilegal de madereros, y tras horas de observación silenciosa, alertaron a las autoridades locales. Con valentía, se enfrentaron a los invasores, sabiendo que estaban en terreno peligroso, pero decididos a proteger lo que consideraban su segunda casa.

Estos guardianes de la selva también se daban cuenta de que la selva amazónica no solo era el pulmón de la Tierra, sino también el alma misma de nuestro planeta. Su inmenso poder para regenerarse y su importancia para mantener el equilibrio ecológico de nuestro mundo los inspiró a redoblar sus esfuerzos.

Mi experiencia en la selva amazónica me recordó que, a veces, la verdadera riqueza reside en la apreciación de la naturaleza y la comprensión de la importancia de conservar estos ecosistemas frágiles. Aunque El Dorado siga siendo un misterio sin resolver, mi viaje a la selva amazónica fue enriquecedor y revelador en muchos otros aspectos. Al dejar la selva, sabía que llevaba conmigo no solo recuerdos inolvidables, sino también un profundo respeto por la Amazonia y una responsabilidad personal de abogar por su preservación. La selva amazónica había dejado una huella imborrable en mi alma y se convirtió en una parte fundamental de mi viaje de descubrimiento personal en este vasto mundo.

Serengeti

En el vasto Serengeti, en Tanzania, donde la vida salvaje es la protagonista indiscutible, cada día era un recordatorio de la increíble diversidad de la vida en nuestro planeta. Desde el momento en que ingresé a este parque nacional, uno de los más famosos del mundo, quedé sin aliento.

Un safari en un jeep abierto me permitió acercarme a los Cinco Grandes de África: el majestuoso elefante, el rey de la selva, el león, el esquivo rinoceronte, el poderoso búfalo y el sigiloso leopardo. Cada encuentro con estos magníficos animales fue una experiencia que quedó grabada en mi memoria, un recordatorio de la increíble diversidad de la vida en nuestro planeta.

Sin embargo, no solo los grandes animales eran dignos de admiración. La migración anual de los ñus y cebras, un espectáculo impresionante que atraviesa las vastas planicies del Serengeti, me dejó sin palabras. Los coloridos pájaros que adornaban el cielo con sus vuelos elegantes y los pequeños insectos que formaban la base de este ecosistema vibrante, todos tenían su lugar y su importancia en la rica sinfonía de la vida que es el Serengeti.

El paisaje también era igual de impresionante que la vida salvaje que lo habitaba. Desde las vastas planicies abiertas, salpicadas de acacias solitarias, hasta las impresionantes puestas de sol que teñían el cielo de colores inimaginables, cada vista parecía sacada de una pintura, una obra maestra de la naturaleza.

Aunque las comodidades eran mínimas y los desafíos abundaban, desde el calor abrasador hasta la ausencia de conexión a internet, cada dificultad se desvanecía ante la increíble belleza y maravilla del Serengeti. Cada día en este santuario de vida salvaje era un regalo, una oportunidad de ser testigo de la majestuosidad de la naturaleza en su estado más puro. Los detalles también eran fascinantes. Los coloridos pájaros que surcaban el cielo, los pequeños insectos que desempeñaban papeles cruciales en este ecosistema y las impresionantes puestas de sol que pintaban el horizonte de tonos vibrantes; todo contribuyó a la rica paleta de la vida en el Serengeti.

El paisaje, con sus vastas llanuras abiertas salpicadas de acacias solitarias, proporcionaba el escenario perfecto para estas maravillas naturales. Cada vista era como una postal de la belleza cruda y prístina de la naturaleza.

A pesar de las comodidades mínimas y los desafíos que presentaba este entorno remoto, desde el intenso calor hasta la falta de conexión a internet, cada dificultad se desvanecía ante la magnífica belleza y maravilla del Serengeti. Cada día en este santuario de vida salvaje era un regalo, una oportunidad de ser testigo de la majestuosidad de la naturaleza en su estado más puro.

Este capítulo de mi viaje me dejó una lección profunda sobre la importancia de la conservación y el respeto por la naturaleza. Me hizo apreciar más que nunca la diversidad de la vida en nuestro planeta y reafirmó mi creencia en la necesidad de proteger estos preciados ecosistemas para las generaciones futuras.

Con la puesta de sol en el Serengeti como testigo, continué mi viaje, con el recuerdo de la fauna salvaje en mi corazón y el pasaporte misterioso siempre a mi lado. Cada página de mi viaje me acercaba más a comprender la belleza y complejidad de nuestro mundo natural.

Egipto

Egipto, con su rica historia y cultura, es verdaderamente un destino que deja una profunda impresión en cualquier viajero. Mis experiencias en este país fascinante fueron verdaderamente memorables y enriquecedoras.

El bullicio de El Cairo, con su mercado Khan el Khalili y el constante llamado a la oración, es un testimonio de la vida cotidiana en una ciudad con miles de años de historia. La energía de la ciudad es contagiosa, y uno se siente inmediatamente sumergido en su encanto caótico.

Las pirámides de Giza, con la Gran Pirámide en su centro, son una maravilla arquitectónica sin igual. Pararse ante estas colosales estructuras y contemplar su antigüedad es una experiencia que te hace sentir humilde frente a la grandeza del antiguo Egipto.

Navegar por el río Nilo en una faluca fue una oportunidad única para sumergirse en la vida de las comunidades a lo largo del río. Ver a la gente trabajar en los campos, los niños jugar en la orilla y las mujeres lavar ropa en el agua te conecta con la autenticidad de la vida egipcia.

Luxor, conocida como el "museo al aire libre más grande del mundo", es un tesoro de monumentos antiguos. El Templo de Karnak y el Valle de los Reyes te transportan al apogeo de la civilización egipcia, ofreciendo una visión profunda de su cultura y creencias.

Incluso mi encuentro con un camello rebelde en el desierto añadieron un toque de aventura y diversión a mi viaje. Estos pequeños incidentes a menudo se convierten en anécdotas inolvidables que enriquecen la experiencia de viaje.

El sol ardiente del desierto egipcio se reflejaba en la arena dorada, creando un paisaje deslumbrante que se extendía hasta donde alcanzaba la vista. Estaba emocionado por mi excursión al desierto, una aventura que prometía revelar la majestuosidad y el misterio de esta vasta extensión de arena y dunas.

Acompañado por un guía local experimentado, me encontraba listo para subir a lomos de un camello. El camello, alto y majestuoso, se erguía frente a mí, observándome con curiosidad mientras lo acariciaba. Pensé que sería un paseo tranquilo y sereno a través del desierto, pero pronto descubriría que este camello en particular tenía una personalidad única.

Una vez que me monté en el camello y nos alejamos de la base, las cosas tomaron un giro inesperado. El camello, a pesar de su aparente calma, decidió que tenía su propio plan. Comenzó a moverse de un lado a otro, como si estuviera haciendo una danza improvisada en la arena caliente. Me agarré con fuerza a la silla de montar mientras el camello seguía balanceándose y haciendo brincos.

El guía intentó calmar al camello, pero el animal parecía tener otros planes. Aceleró su paso y empezó a emitir sonidos gruñones, como si estuviera protestando por tener que llevar a un pasajero. Los turistas que nos acompañaban en la excursión miraban con sorpresa y risas mientras yo intentaba mantener mi compostura. Finalmente, el camello se detuvo en seco, como si hubiera decidido que había tenido suficiente diversión a mi costa. Miré al guía, que ahora se reía a carcajadas. Parecía que el camello había decidido poner fin a nuestra danza improvisada en el desierto. Después de un rato, el camello finalmente decidió continuar la marcha, pero esta vez a un ritmo más tranquilo y controlado.

Mientras contemplaba el vasto desierto que se extendía ante mí, no pude evitar reír junto con el guía y los demás excursionistas. Aunque el comienzo del paseo había sido un poco accidentado, ahora se había convertido en una anécdota memorable que siempre llevaría conmigo.

Ese encuentro con el camello rebelde en el desierto de Egipto fue una experiencia que nunca olvidaré. Fue un recordatorio de que los viajes a menudo nos sorprenden de formas inesperadas y nos brindan historias que atesoraremos para siempre. Desde ese día, cada vez que pienso en el desierto, no puedo evitar sonreír y recordar la travesura de ese camello.

El pasaporte misterioso, ahora marcado con el sello de Egipto, se convirtió en un símbolo de las innumerables maravillas históricas y culturales que había explorado en este país. Egipto me enseñó la importancia de comprender y apreciar nuestro pasado y cómo este legado sigue vivo en el presente.

A medida que dejaba Egipto, con la historia y la grandeza de este país en mi memoria, sabía que mi viaje continuaría, llevándome a nuevas aventuras y descubrimientos en otros rincones del mundo.

Roma

Roma, la ciudad eterna, se desplegó ante mí con su rica historia y su encanto inigualable. Cada paso en esta ciudad estaba impregnado de la grandeza del pasado y la vitalidad del presente. Te contaré un poco más sobre mi experiencia en la Ciudad Eterna:

Explorar el Foro Romano y el Monte Palatino es como abrir un libro de historia viviente. Cada paso que das en estos antiguos lugares te transporta a un pasado glorioso y te sumerge en la grandeza de la Roma antigua.

El Foro Romano, en particular, es un tesoro arqueológico que revela los cimientos de la civilización romana. Aquí, las estructuras de mármol y las columnas que alguna vez albergaron los negocios, la política y la vida cotidiana de la antigua Roma se yerguen como testigos silenciosos del tiempo.

Caminar por las calles adoquinadas que alguna vez vieron a los emperadores, senadores y ciudadanos romanos, es como caminar en los zapatos de aquellos que forjaron una de las civilizaciones más poderosas de la historia. Te encuentras con templos majestuosos, como el Templo de Saturno y el Templo de Vesta, que evocan la devoción religiosa de la época. También te encuentras con los restos del Arco de Tito, un monumento que conmemora la victoria romana en Jerusalén, y el Arco de Tito, que celebra las victorias militares.

El Monte Palatino, por otro lado, ofrece una vista panorámica del Foro Romano y una visión de la vida opulenta de los emperadores romanos. Aquí, las ruinas de los palacios imperiales, como el Palacio Flavio y el Palacio de Domiciano, te hacen imaginar cómo vivían los líderes de Roma. Los jardines y las terrazas ofrecen un retiro tranquilo y hermoso en medio de la ciudad.

La combinación de estos dos sitios históricos es un testimonio impresionante de la grandeza y el esplendor de la antigua Roma. La arquitectura, la ingeniería y la planificación urbana de la época son ejemplos sobresalientes de la habilidad y la visión de los romanos.

A medida que te sumerges en estas antiguas ruinas, no puedes evitar sentir un profundo respeto por la magnitud de la historia que se desarrolló aquí. Estos lugares te conectan directamente con el pasado y te hacen apreciar la herencia que Roma ha dejado al mundo.

Cada piedra, cada columna y cada arco cuentan una historia, y explorar el Foro Romano y el Monte Palatino es como abrir un libro de historia que te sumerge en un mundo fascinante y lejano. Te hace apreciar la duradera influencia de Roma en la cultura, la arquitectura y la política del mundo moderno. Es una experiencia que te llena de asombro y gratitud por la riqueza de la historia humana..

Una de mis experiencias más memorables en Roma fue disfrutar de un auténtico gelato italiano en la Piazza Navona, una plaza impresionante que alberga hermosas fuentes y esculturas. Mientras saboreaba mi helado, observé a los artistas callejeros y disfruté de la animada atmósfera de la plaza.

Por supuesto, no podía visitar Roma sin explorar el Vaticano. La majestuosidad de la Basílica de San Pedro y la emoción de contemplar los frescos de la Capilla Sixtina, pintados por artistas como Miguel Ángel y Botticelli, fueron experiencias que quedarán grabadas en mi memoria para siempre.

Roma es también una ciudad llena de sorpresas. En una de mis caminatas por el Trastevere, un encantador barrio lleno de calles estrechas y coloridas casas, me topé con una pequeña trattoria familiar donde probé el auténtico cacio e pepe, una deliciosa pasta con queso y pimienta.

Y, por supuesto, mi aventura en una Vespa italiana fue un punto culminante. Sentir el viento en el rostro mientras recorría las calles empedradas de Roma y atravesaba plazas llenas de vida fue una experiencia única.

Mi tiempo en Roma fue un viaje en el tiempo a través de los siglos, un encuentro con la grandeza de la antigua Roma y la belleza de la Italia moderna. Y mientras dejaba atrás esta ciudad fascinante, sabía que Roma siempre ocuparía un lugar especial en mi corazón y en mi pasaporte misterioso, con un un fragmento de la Ciudad Eterna.

La Ciudad de la Luz

La Torre Eiffel, el icónico hito de París, fue mi primera parada. Incluso después de haberla visto en innumerables películas y postales, la primera visión de la torre me dejó sin aliento. Subí hasta la cima, y la vista de París extendiéndose debajo de mí fue realmente espectacular. Los edificios, las calles, los ríos, todo parecía un hermoso cuadro desde esa altura.

Caminé por los Campos Elíseos, desde el Arco de Triunfo hasta la Place de la Concorde, admirando las tiendas de lujo, los cafés de la acera y la vida parisina en su máximo esplendor. Disfruté de un cruasán y un café en un café local, saboreando el ambiente tranquilo y la sensación de ser un parisino.

La catedral de Notre Dame, aunque afectada por el incendio de 2019, seguía siendo un monumento imponente. En el Louvre, me perdí entre las vastas colecciones de arte, incluyendo la enigmática Mona Lisa.

La verdadera joya que descubrí en París fue Montmartre, con su ambiente bohemio, las calles empedradas y los artistas pintando en la Place du Tertre. En la cima de la colina, la Basílica del Sagrado Corazón ofrecía otra vista impresionante de la ciudad.

París también fue una delicia culinaria. Desde las baguettes recién hechas y los quesos locales hasta los exquisitos platos en los bistros, cada comida era una celebración del sabor.

Mientras exploraba sus calles, me di cuenta de que mi calcetín extra tenía un poder mágico, actuando como un amuleto de la buena suerte en medio de la grandeza histórica. Era como si llevara un pequeño tesoro escondido en mi mochila, esperando el momento adecuado para desplegar su influencia.

Un día, mientras visitaba el Arco del Triunfo, me encontré con una lluvia inesperada. Las calles se llenaron de charcos y los turistas buscaban refugio bajo los arcos del antiguo anfiteatro. Mientras muchos se resignaban a empaparse, saqué mi calcetín extra y lo usé para secar mis zapatos y mantener mis pies secos.

Mientras otros turistas se quejaban de la tormenta, yo sonreía, agradeciendo el amuleto de la buena suerte que llevaba conmigo. Continué mi día con los pies secos y una actitud positiva, convencido de que mi calcetín extra tenía un don especial para traer buena suerte en situaciones inesperadas.

A lo largo de mi viaje Paris, mi calcetín extra siguió demostrando su valía, actuando como un amuleto que aportaba comodidad en los momentos más inesperados. Aprendí que en la vida, a menudo son los objetos más simples los que pueden traer la mayor suerte, y mi calcetín extra se convirtió en un símbolo de apreciación por las pequeñas cosas que a menudo pasamos por alto en nuestro ajetreo diario.

Más allá de las situaciones climáticas, mi calcetín extra también demostró su valía en otros aspectos inesperados de mi viaje por Paris. Durante un día agotador de exploración, llevaba un par de zapatos incómodos que amenazaban con convertir mi experiencia en una pesadilla. Fue entonces cuando recordé el poder de mi calcetín extra. Rápidamente lo saqué, lo coloqué en mi pie y volví a poner mis zapatos. La capa adicional de comodidad hizo que el resto del día fuera mucho más llevadero.

Al final de la semana, con la silueta de la Torre Eiffel en la distancia y el sello de Francia en mi pasaporte misterioso, me despedí de París. La ciudad había sido todo lo que había soñado y más, un lienzo de experiencias y recuerdos que llevaría conmigo en mis futuros viajes.

La Gran Manzana:

De París, viajé a la ciudad que nunca duerme, la ciudad de los sueños y la aspiración, la ciudad que es tan grande que la nombraron dos veces: Nueva York.

Nada puede prepararte para la primera vez que te encuentras cara a cara con la majestuosidad de la Gran Manzana. Las luces deslumbrantes, los rascacielos que desafían el cielo y la cacofonía de sonidos te envuelven en un abrazo emocionante.

En mi primera noche, me dirigí a Times Square, el corazón palpitante de Manhattan. La energía es palpable: los neones brillantes, las vallas publicitarias en movimiento y las multitudes de personas crean un espectáculo en sí mismo. Desde allí, recorrí la Avenida Broadway, empapándome del ambiente teatral y soñando con las grandes producciones que se presentaban en los teatros de alrededor.

El Parque Central, con su extensa vegetación y tranquilidad, proporcionó un necesario respiro de la bulliciosa ciudad. Disfruté de un paseo en carruaje por el parque, vi a los neoyorquinos correr, pasear a sus perros y jugar al béisbol, y me senté junto a la famosa fuente Bethesda.

El viaje en ferry a la Estatua de la Libertad me proporcionó una visión muy real de lo que habría sido para los inmigrantes que llegaron a América, llenos de esperanza y sueños. En la Isla Ellis, la puerta de entrada a América para millones, sentí la enormidad de sus experiencias.

Visité cada uno de los cinco distritos: Manhattan, Brooklyn, Queens, El Bronx y Staten Island, cada uno con su propio carácter y encanto.

En Manhattan, me deleité con la arquitectura de los edificios emblemáticos como el Empire State y el edificio Chrysler. En Brooklyn, disfruté de la vista del horizonte de Manhattan desde el puente de Brooklyn y exploré el arte callejero en Bushwick. En Queens, me perdí en la diversidad cultural, desde la pequeña India hasta la Chinatown de Flushing.

Y el calcetín extra, mi humilde amuleto de la buena suerte, poseía una extraña tendencia a encontrar su camino de vuelta hacia mí en las circunstancias más improbables. Este pequeño compañero parecía tener vida propia, decidido a acompañarme en cada etapa de mi viaje. Durante mis recorridos por esta ciudad vibrante, este sencillo objeto demostró su asombrosa habilidad para reunirse conmigo en los momentos más inesperados.

En medio de la bulliciosa multitud que se agolpaba alrededor de Times Square, mientras me sumía en la deslumbrante luminosidad de los anuncios, mi calcetín extra pareció desaparecer en un abrir y cerrar de ojos. La velocidad y la intensidad de la Gran Manzana parecían haberlo llevado a algún rincón perdido entre la marabunta de visitantes. Con resignación, supuse que mi pequeño amuleto de la suerte se había perdido en la jungla de asfalto de Nueva York.

Sin embargo, un par de días después, mientras paseaba por el Central Park, sentado en uno de los bancos junto al lago, mi mirada se posó en algo inusual en el suelo. Allí estaba mi calcetín extra, como si hubiera decidido tomar un breve descanso en medio de su propia exploración de la ciudad. En este momento mágico, me di cuenta de que mi compañero siempre encontraba su camino de regreso a mí.

El misterioso regreso de mi calcetín extra se convirtió en un motivo recurrente en mi viaje por la Gran Manzana. En el metro, en un animado mercado callejero o incluso en la escalinata del

Museo Metropolitano de Arte, mi modesto amuleto siempre hallaba una forma de reunirse conmigo. Cada vez que lo recuperaba, reforzaba la idea de que, en medio del bullicio de la vida y las ciudades gigantes, las pequeñas cosas pueden tener un significado sorprendentemente profundo.

Este humilde calcetín se convirtió en un símbolo de resiliencia y de cómo lo perdido siempre puede ser reencontrado, incluso en la inmensidad de una metrópolis como Nueva York. Más allá de su utilidad práctica, me recordaba que, en la vida, incluso en medio de desafíos abrumadores, la simplicidad y lo cotidiano pueden tener una influencia increíble en nuestro viaje.

Antes de irme, me aseguré de disfrutar de la vista panorámica de la ciudad desde el Top of the Rock, con Central Park al norte y el Empire State y el One World Trade Center al sur. Era el escenario perfecto para despedirme de la ciudad, con su iluminación nocturna centelleante y la vibrante vida de la ciudad.

Con el sello de Estados Unidos en mi pasaporte misterioso, dejé Nueva York con un susurro de "Hasta pronto" en lugar de un "Adiós". Sabía que volvería. Porque, como dice la canción, si puedes hacerlo aquí, puedes hacerlo en cualquier lugar.

La Muralla China

El último sello de mi pasaporte marcaba el fin de un viaje que había abarcado continentes y experiencias inolvidables. Mi viaje llegaba a su inevitable conclusión, y era hora de regresar a casa.

Una vez más, mis pasos me llevaron a un destino imbuido de historia y grandeza, la Gran Muralla China. Sus antiguas piedras y sus torres de vigilancia se alzaban majestuosamente, recordándome la duradera huella que la humanidad puede dejar en este mundo. Era un recordatorio de que, a pesar de los obstáculos que puedan surgir, la perseverancia y la determinación pueden conducir a la construcción de algo verdaderamente impresionante.

A medida que caminaba a lo largo de la muralla, observando los ladrillos centenarios y las torres de vigilancia, me asombraba la magnitud de esta construcción. Pero lo que realmente me impactó fue la historia detrás de su construcción. A lo largo de los siglos, miles de trabajadores habían contribuido a esta maravilla, algunos incluso sacrificando sus vidas en el proceso. La Muralla China representaba no solo una hazaña arquitectónica, sino también una muestra impresionante de perseverancia y dedicación a lo largo del tiempo.

Mientras reflexionaba sobre esto, me di cuenta de que la Gran Muralla China también tenía lecciones que ofrecer sobre la fortaleza y la persistencia en la vida. Cada paso que daba en esa muralla milenaria era un recordatorio de que, a pesar de los obstáculos y las dificultades, la humanidad ha demostrado ser capaz de lograr grandes cosas.

La Gran Muralla China me enseñó que, a veces, enfrentar los desafíos de la vida puede requerir la misma fortaleza y determinación que se necesitó para construir este monumento. Cada ladrillo colocado en su lugar es un testimonio de la paciencia y el trabajo en equipo. Y aunque nuestras propias batallas pueden no ser tan visibles como la muralla, la persistencia y la voluntad de superar los obstáculos pueden llevarnos lejos.

Mi viaje a la Gran Muralla China me llevó a contemplar cómo la historia de la humanidad está marcada por la construcción de monumentos duraderos y la creación de legados. Así como esta maravilla antigua ha resistido el paso del tiempo, nuestras vidas también están llenas de oportunidades para crear legados personales.

La lección de persistencia y fortaleza que aprendí en la muralla me impulsó a considerar cómo podía aplicar estos principios a mi propia vida. Recordé momentos en los que había enfrentado desafíos y obstáculos, y cómo, a pesar de la dificultad, había seguido adelante con determinación. Cada obstáculo superado era un ladrillo en mi propia muralla, un recordatorio de que, como individuos, también podemos construir legados personales de resiliencia y logros.

Mientras contemplaba la vastedad de la Gran Muralla China, también me di cuenta de la importancia de celebrar las tradiciones y la historia. La muralla era un vínculo tangible con el pasado, y mi viaje allí me recordó la necesidad de preservar y honrar nuestras raíces culturales y las tradiciones de nuestros antepasados.

La Gran Muralla China me dejó con una profunda apreciación por la fortaleza y la persistencia, tanto en la construcción de monumentos como en la vida cotidiana. Al regresar de mi viaje, me comprometí a enfrentar los desafíos con determinación y a construir mi propio legado, uno que reflejara la resiliencia y la perseverancia que había admirado en esta majestuosa obra arquitectónica. Con el ultimo sello en mi pasaporte misterioso, finalizaba mi viaje con una perspectiva enriquecida por las lecciones de la Gran Muralla China, lo hice con una apreciación renovada por la importancia de la perseverancia y la fortaleza en la vida, recordando que los grandes logros a menudo se construyen paso a paso, ladrillo a ladrillo.

El último sello en mi pasaporte no solo representaba el final de una etapa, sino también el comienzo de la siguiente. A medida que regresaba a casa, lo hacía con un corazón lleno de gratitud por las experiencias vividas y con una profunda apreciación por la diversidad y la riqueza de la experiencia humana en todo el mundo. Mi viaje me había enseñado que, a pesar de las diferencias culturales y geográficas, todos compartimos una conexión profunda y un deseo innato de explorar, aprender y crecer.

El último sello en mi pasaporte no solo era un punto final, sino también un nuevo comienzo. El viaje nunca realmente termina; simplemente se transforma en nuevas formas de aprendizaje y descubrimiento. Con estas reflexiones en mente, regresé a casa con una sensación de plenitud y gratitud, sabiendo que las huellas de mi viaje perdurarían en mi corazón y en mi alma para siempre.

La importancia del calcetín extra y otras lecciones de viaje

A estas alturas de mi viaje, después de haber seguido las pistas del pasaporte misterioso y vivido una serie de emocionantes y a veces inexplicables experiencias, finalmente recibí la noticia que tanto ansiaba: ¡mi maleta había sido localizada y me sería entregada!

La emoción y el alivio se entrelazaron en mi interior mientras esperaba impaciente en el hotel donde me hospedaba. Cada minuto parecía una eternidad, hasta que finalmente escuché un suave golpe en la puerta de mi habitación. Con el corazón acelerado, abrí la puerta y allí estaba, mi maleta.

La abrí con entusiasmo y una mezcla de alivio y nostalgia me envolvió. Allí estaban, cada una de mis pertenencias, se convirtieron en un tesoro en sí mismo. Había extrañado esa sensación de familiaridad y pertenencia que solo nuestras posesiones más queridas pueden brindarnos.

Pero mientras me deleitaba con el reencuentro con mi maleta, no pude evitar sentir gratitud hacia el pasaporte misterioso y el calcetín extra. Fueron ellos quienes me llevaron en un viaje inesperado y transformador, quienes me mostraron que las aventuras y las lecciones más valiosas a menudo se esconden detrás de los contratiempos y las sorpresas.

Reflexioné sobre las experiencias compartidas con personas de diferentes culturas, los momentos de risa y los desafíos superados. Cada paso en mi travesía había dejado una huella imborrable en mi ser y me había enriquecido de una manera que nunca podría haber imaginado.

En ese momento, me di cuenta de que no era solo la maleta lo que había recuperado, sino también un sentido renovado de gratitud y aprecio por las experiencias y las personas que habían sido parte de mi viaje. El pasaporte misterioso y el calcetín extra, símbolos de lo inesperado y lo común, habían desempeñado un papel crucial en la creación de esta narrativa de descubrimiento y crecimiento.

Con la maleta de nuevo conmigo y el pasaporte misterioso guardado como un recuerdo, me sentí listo para continuar mi viaje con una perspectiva renovada. No importaba hacia dónde me llevaran los siguientes destinos, sabía que llevaría conmigo las lecciones aprendidas y la apreciación por las pequeñas cosas que hacen que los viajes sean verdaderamente inolvidables.

Cuando finalmente llegó el momento de despedirme de mi viaje, volví a abrir el pasaporte misterioso que me había acompañado en todo el camino. Dentro del pasaporte, cada visa y cada sello contaba una historia, cada uno mostraba un fragmento de un lugar que había visitado. Cada uno de ellos era un testimonio de las culturas que había explorado, las personas que había conocido y las experiencias que había vivido.

Las lecciones aprendidas en este viaje van más allá de lo que cualquier libro puede mostrar. Aprendí sobre la bondad inherente en los extraños, la belleza sin adulterar de la naturaleza, la riqueza de las diferentes culturas y el profundo sentido de satisfacción que viene con la exploración y el descubrimiento.

Y, sí, de manera un tanto extraña, pero no menos significativa, también aprendí sobre la importancia de llevar un calcetín extra. Podría parecer trivial al principio, pero este par adicional de calcetines se convirtió en un salvavidas en más de una ocasión.

El héroe inesperado

Cuando emprendí mi viaje , nunca imaginé que algo tan humilde como un calcetín extra se convertiría en un símbolo constante de mi travesía. En medio de la incertidumbre de lo que me depararía el próximo destino, el calcetín extra se convirtió en una metáfora de la preparación para lo desconocido. Cada vez que me encontraba en una situación inesperada, recordaba mi calcetín extra y su mensaje: estar listo para cualquier cosa.

El calcetín extra, con su simplicidad y utilidad, se convirtió en un héroe inusual de mi viaje. En numerosas ocasiones, cuando las circunstancias se volvían complicadas, el calcetín extra se convertía en mi salvador. En él encontré la lección de que, a veces, son las soluciones más simples las que resuelven los problemas más grandes.

La experiencia del calcetín extra me hizo reflexionar sobre la simplicidad en el equipaje. En un mundo donde a menudo nos abrumamos con la cantidad de cosas que llevamos en nuestros viajes, el calcetín extra me recordó que a veces es lo básico, lo esencial, lo que realmente importa. El equipaje se convierte en un reflejo de nuestras necesidades y preferencias, y encontrar el equilibrio adecuado entre lo que llevamos y lo que dejamos atrás se convierte en una valiosa lección en la vida y en los viajes.

La simplicidad no solo se refería a la cantidad de posesiones materiales, sino a la capacidad de encontrar la belleza en las cosas menos complicadas. A menudo, en la búsqueda de lo exótico, nos perdemos las maravillas de lo cotidiano. Fue en el sabor de una comida callejera en un mercado local, la sonrisa de un niño en un pueblo remoto o el sonido del viento entre las hojas de un bosque, donde encontré la auténtica simplicidad y riqueza de la vida.

Aprendí a simplificar mi enfoque y a disfrutar de la belleza de los momentos sin distracciones innecesarias. Descubrí que, a menudo, las cosas más simples eran las más significativas. Una conversación con un desconocido en un café de una calle lateral podía ser tan gratificante como la visita a una atracción turística.

La simplicidad también se reflejaba en mi equipaje. Cada vez que emprendía un nuevo viaje, me daba cuenta de que llevar menos era una ventaja. Reduje mi equipaje a lo esencial, eliminando lo superfluo. Esto no solo alivió el peso que cargaba sino que simplificó la logística de los desplazamientos.

Mi viaje me enseñó que la simplicidad no era una renuncia a las comodidades o a las experiencias enriquecedoras, sino un enfoque en lo que verdaderamente importa. La simplicidad no es una limitación, sino una puerta a una vida más auténtica y plena.

La simplicidad se convirtió en una guía para abrazar la belleza de la vida cotidiana, encontrar alegría en las pequeñas cosas y apreciar la diversidad del mundo que exploraba. Cada capítulo de mi viaje con el pasaporte misterioso me recordaba que, a veces, menos es más, y que la simplicidad puede ser la clave para una vida plena y significativa.

En medio de mi viaje por destinos exóticos y culturas diversas, el humilde calcetín extra se convirtió en un elemento inesperadamente crucial en mi equipaje. En principio, un calcetín parece ser una prenda de uso cotidiano sin mucho impacto, pero en mi aventura por el mundo, este pequeño objeto demostró ser un verdadero cambio de juego.

Ese calcetín extra, inusualmente versátil, cambió completamente el juego. Además, me recordó la importancia de llevar elementos

73

versátiles y de pensar más allá de la función tradicional de las cosas en mi equipaje.

Esta experiencia me dejó una valiosa lección: a menudo, lo que consideramos objetos comunes y corrientes pueden ser piezas clave en situaciones inesperadas. Ese calcetín extra no solo me brindó confort, sino que también demostró la importancia de la versatilidad y la flexibilidad en la vida cotidiana. Desde ese día, nunca subestimé la utilidad de lo aparentemente simple, y mi humilde calcetín extra se convirtió en un recordatorio constante de la capacidad de adaptación y la creatividad que podemos encontrar en lo más inesperado.

Ahí estaba yo, en el Himalaya, mis pies enfundados en botas de montaña que habían sido empapadas por la nieve y el hielo del inclemente paisaje. El viento aullaba a mi alrededor y el frío se arrastraba por mi piel, amenazando con convertir mis pies en bloques de hielo. La idea de la congelación y la hipotermia ya me rondaba en la mente, cuando recordé aquel par extra de calcetines que había guardado en el fondo de mi mochila. Fue entonces que estos calcetines, tan comunes y corrientes, se convirtieron en mi salvación, permitiéndome continuar con mi travesía sin perder los pies por congelación.

Luego, de alguna manera, me encontré en las calles bulliciosas de Tokio. Un contraste brutal después del frío y la soledad del Himalaya. El asfalto caliente quemaba a través de mis zapatos y mis calcetines estaban empapados por el sudor del verano en la ciudad. En medio de las multitudes y los neones, sentí una incomodidad que no me dejaba disfrutar de la belleza de la metrópolis. Pero entonces recordé mi salvavidas. Atravesé la multitud hasta encontrar un banco, y allí, para el asombro de los transeúntes, me quité los zapatos y los calcetines sudados, y saqué mi par de calcetines extra. Me los puse, y en ese momento, una sensación de alivio me recorrió. Ahí estaba yo, en medio de una de las ciudades más bulliciosas del mundo, disfrutando de la simple felicidad de un par de calcetines secos.

En la selva las temperaturas sofocantes y la humedad implacable se convirtieron en mis compañeras constantes mientras caminaba por la densa vegetación. Cada paso parecía llevarme más profundamente en un mundo de misterio y maravilla, pero también de incomodidad extrema. Fue entonces cuando el calcetín extra volvió a desempeñar su papel heroico. Después de días de caminata, mis pies estaban cansados, sudorosos y propensos a ampollas. Pero al llegar al campamento base, saqué ese par de calcetines secos y frescos, como un pequeño tesoro que guardaba con cautela. Los desgastados calcetines que llevaba puestos se deslizaron fuera de mis pies con alivio, mientras los nuevos calcetines me envolvían con una comodidad reconfortante. Esa noche, mientras me recostaba en mi hamaca bajo el dosel de la selva, le di gracias al calcetín extra por ofrecerme una pequeña victoria en medio de la adversidad.

En las playas de Rio de Janeiro, el calcetín extra demostró su versatilidad una vez más. Mientras exploraba las playas de arena blanca y los arrecifes de coral, me di cuenta de que había olvidado traer zapatos adecuados para el snorkel. Me sentí desanimado, pero recordé mi fiel aliado: el calcetín extra. Rápidamente me lo coloqué en uno de los pies y usé una cuerda para asegurarlo. Aunque no era la solución más elegante, me permitió explorar las maravillas submarinas sin preocuparme por las rocas afiladas o las criaturas marinas espinosas. En medio de los arrecifes de colores vibrantes y los peces tropicales danzando a mi alrededor, me sentí agradecido por ese calcetín.

Así fue como este par adicional de calcetines, inicialmente visto como un objeto trivial, se convirtió en un compañero inseparable en mis viajes. Más que simples prendas de vestir, estos calcetines representaban la adaptabilidad y la alegría de encontrar soluciones ingeniosas en situaciones inesperadas. En cada viaje, me recordaban que la vida está llena de sorpresas y que incluso los objetos más mundanos pueden tener un papel importante en nuestras vidas.

Y así, cada vez que miro mi mochila antes de embarcarme en un nuevo viaje, me aseguro de que ese par de calcetines extra esté siempre presente, listo para enfrentar cualquier desafío que el mundo tenga reservado para mí. Porque, al final del día, nunca se sabe cuándo un calcetín extra puede convertirse en el héroe de la historia.

Ahora, cada vez que preparo mi mochila para un nuevo viaje, sea en las alturas heladas o en las calles abarrotadas de una ciudad extranjera, siempre guardo ese par extra de calcetines. Ha habido momentos en que estos calcetines han provocado risas y han salvado mi día, momentos en que su presencia en mi mochila ha sido tan valiosa como cualquier equipo de supervivencia.

Es hora de reconocer de nuevo la relevancia de un objeto tan común y humilde como un calcetín extra. Ha marcado la diferencia, ha desafiado lo ordinario, y ha salvado del abismo de la pérdida de la maleta. Esta sencilla prenda se convirtió en un recordatorio de que, a veces, es la atención a los pequeños detalles lo que puede hacer que un viaje sea más agradable, o incluso más factible.

Ha sido más que una prenda de vestir; ha sido la llave que ha abierto puertas a lo desconocido, un salvavidas en momentos de desesperación, un rastro que hemos seguido hasta el desenlace de nuestro misterio. En su sencillez, ha creado conexiones perdidas y encontradas de nuevo, demostrando que incluso los elementos más modestos pueden tener un impacto poderoso.

En retrospectiva, estas experiencias me recordaron que las soluciones a menudo se esconden en los detalles más simples y las respuestas más ingeniosas pueden surgir de las situaciones más inesperadas. Desde entonces, el humilde calcetín extra pasó a tener un lugar especial en mi equipaje, no solo como una prenda cómoda, sino como un recordatorio constante de que la necesidad puede ser el catalizador para la creatividad y la oportunidad.

Entonces, no olvides la lección que hemos aprendido de este calcetín extra. Su presencia en nuestra historia no ha sido una coincidencia, sino una prueba de que en los detalles más pequeños pueden residir las enseñanzas más grandes. La próxima vez que hagas tu maleta, recuerda la función de este humilde calcetín.

Nunca subestimes el poder de lo común, porque nunca sabes la aventura que puede iniciar. El final de este viaje no es más que el comienzo de muchas más aventuras que vendrán. Porque, como se dice, el mundo es un libro, y aquellos que no viajan solo leen una página. Y ahora, tengo muchas más páginas por leer, más sellos que añadir a mi pasaporte, más recuerdos que añadir a mi maleta y, por supuesto, siempre recordaré llevar un par de calcetines extra.

El enigma del pasaporte misterioso

Después de una larga travesía por diferentes continentes, siguiendo las pistas del pasaporte misterioso y enfrentando desafíos inesperados, finalmente llegué a casa.

En medio de esa felicidad, no pude evitar recordar el pasaporte misterioso. Me pregunté si alguna vez descubriría su historia completa, el porqué de su aparición en mi paquete de consolación en el aeropuerto. Sin embargo, con el tiempo aprendí que algunas respuestas se quedan en el territorio de los misterios, y quizás eso era parte de la belleza de la historia.

La probable verdad detrás del pasaporte misterioso era un enigma que me había mantenido intrigado desde el primer día en que apareció en mi vida. A medida que continué mis viajes, reuní pistas que me llevaron a formular algunas teorías.

Una de las teorías era que alguien, con una razón desconocida, había decidido ayudarme a explorar el mundo. Pero, ¿quién sería esa persona y por qué? ¿Y cómo habían conseguido mi foto y datos personales? Eran preguntas que no tenían respuestas claras.

Otra teoría que se me ocurrió mientras exploraba los rincones más lejanos de la Tierra era que el pasaporte misterioso era parte de un experimento social o científico. ¿Era yo el sujeto de un estudio en curso? Esta idea me hacía cuestionar cada experiencia y encuentro, preguntándome si eran genuinos o parte de una elaborada trama.

Y, por supuesto, existía la posibilidad de que el pasaporte fuera parte de una organización secreta o un juego elaborado. Tal vez formaba parte de una misión de alcance global, y cada destino que visitaba tenía un propósito o significado específico. Esto solo agregaba más misterio y emoción a mi viaje.

Cada una de estas teorías planteaba más preguntas que respuestas y dejaba un velo de incertidumbre sobre el propósito real del pasaporte misterioso. Pero por ahora, el misterio continuaba, y cada sello en mi pasaporte solo parecía profundizarlo más.

El origen y propósito detrás de cada sello en mi pasaporte misterioso me habían llevado a reflexionar sobre la complejidad de la experiencia humana. Cada sello representaba una historia única, un momento en el tiempo y un lugar en el mundo que me habían permitido explorar.

Al mirar el sello de Nepal, recordé mi viaje a través del Himalaya y cómo la belleza de las montañas me había conectado con la profunda relación de los nepaleses con la naturaleza. Este sello me hablaba de la búsqueda de la paz y la espiritualidad en medio de la grandeza de la naturaleza.

El sello de Egipto, con las pirámides y el río Nilo, me recordaba la grandeza de las civilizaciones antiguas y su influencia en la historia del mundo. Cada jeroglífico tallado en piedra era una ventana al pasado y un testimonio de la creatividad humana.

La selva amazónica, con sus colores y criaturas, me había mostrado la diversidad de la vida en la Tierra y la importancia de preservarla. Cada planta, cada animal, era un recordatorio de la complejidad de los ecosistemas y de la responsabilidad que teníamos de protegerlos.

El pasaporte misterioso me había llevado a destinos tan diversos como Roma, Río de Janeiro y Tokio, cada uno con su propio conjunto de culturas, tradiciones y desafíos. Cada sello representaba la riqueza y la complejidad de la experiencia humana en diferentes rincones del planeta.

Me di cuenta de que la verdadera belleza del mundo radicaba en su diversidad y en la forma en que las personas se adaptaban y prosperaban en entornos tan variados. Cada sello en mi pasaporte era un testimonio de la capacidad humana para crear, explorar y conectar con el mundo que nos rodea. Y aunque el origen y propósito del pasaporte misterioso seguían siendo un misterio, me había enseñado a apreciar la complejidad y la maravilla de la experiencia humana en todas sus formas.

Si bien el origen y el propósito de mi pasaporte misterioso seguían siendo un enigma, estaba claro que había tenido un significado profundo en mi vida. Cada sello en sus páginas representaba una experiencia única, un capítulo en mi viaje personal. A pesar de las incertidumbres y los misterios que rodeaban su aparición en mi paquete de "consolación", su impacto en mi vida era innegable.

La primera vez que examiné el pasaporte, su misterio y las imágenes de destinos lejanos despertaron mi curiosidad. Impulsado por un deseo innato de explorar el mundo y descubrir nuevos horizontes, decidí seguir los sellos y embarcarme en una serie de aventuras. Cada viaje me llevó a lugares y experiencias que habría sido imposible imaginar en mi vida cotidiana.

El pasaporte misterioso se convirtió en un símbolo de la búsqueda constante de la belleza y la diversidad del mundo. Si bien su origen seguía siendo un enigma, su significado para mí era claro: me había inspirado a explorar, a abrir mi mente y mi corazón a nuevas experiencias y a abrazar la complejidad y la maravilla de la experiencia humana en todas sus formas.

A medida que continuaba mi viaje, sabía que el pasaporte misterioso seguiría siendo mi guía y mi compañero de aventuras. Cada sello era un recordatorio de que la vida está llena de misterios, y que a veces, son esos misterios los que nos impulsan a vivir una vida plena y enriquecedora.

Parecía haber una relación entre la maleta perdida y este enigmático documento, aunque no estaba del todo claro. El día en que perdí mi maleta en Islandia había sido un comienzo turbulento para mi viaje. La desaparición de mi maleta había generado una gran frustración y preocupación, ya que contenía no solo mi ropa y pertenencias personales, sino también mi agenda de viajes. Era una situación complicada y, en ese momento, mi ánimo se encontraba en su punto más bajo.

Sin embargo, cuando me entregaron el paquete de "consolación", la sorpresa y el desconcierto superaron la frustración anterior. La pregunta sobre cómo había llegado allí y quién estaba detrás de esto se volvió irresistible. La incertidumbre era desconcertante, pero también había un toque emocionante en esta búsqueda de respuestas, ya que sabía que mi viaje aún tenía muchas sorpresas reservadas.

Decidí dejar atrás el pasaporte misterioso. Lo deposité en un pequeño altar improvisado en una playa, como un gesto de gratitud por todo lo que me había enseñado y por los caminos que había trazado en mi vida.

En cada uno de estos destinos, el pasaporte misterioso fue mi guía, abriendo puertas a experiencias inolvidables, conexiones humanas y un crecimiento personal profundo. A lo largo del camino, descubrí que el verdadero viaje no se trata solo de los lugares que visitamos, sino de las historias que vivimos, las lecciones que aprendemos y las conexiones que hacemos con el mundo y con nosotros mismos.

A medida que los sellos en el pasaporte misterioso se fueron agotando, también lo estaba yo físicamente. Pero el viaje interior y las historias que recolecté a lo largo del camino perdurarán para siempre en mi memoria y en mi corazón. El pasaporte misterioso me llevó a lugares que nunca imaginé, desafió mis límites y me mostró la belleza y la diversidad de nuestro mundo. Me enseñó a abrazar lo desconocido, a adaptarme a situaciones imprevistas y a descubrir la verdadera esencia de la aventura.

Encuentros y desafíos

A lo largo de mis viajes por todo el mundo, he tenido el privilegio de cruzarme con una serie de personas extraordinarias que han dejado una impresión imborrable en mi corazón y en mi memoria. Cada uno de ellos, en su singularidad, ha enriquecido mi viaje de maneras que nunca podría haber imaginado.

Mi primer encuentro significativo tuvo lugar en el bullicioso mercado de Khan el Khalili, en El Cairo. Mientras exploraba las estrechas callejuelas llenas de puestos de especias, joyería y recuerdos, me encontré con Ahmed, un apasionado vendedor de alfombras. Su entusiasmo y habilidad para contar historias hicieron que comprar una alfombra se convirtiera en una experiencia memorable. Pero más allá de las ventas, Ahmed compartió historias de su ciudad natal y me enseñó la importancia de la hospitalidad en la cultura egipcia.

En las montañas del Himalaya, donde conocí a Tenzin, un monje budista en un monasterio remoto. Durante una conversación tranquila Tenzin compartió sus perspectivas sobre la vida, la espiritualidad y la paz interior. Su sabiduría y su sonrisa tranquila dejaron una impresión duradera, recordándome la importancia de la contemplación y la calma en medio de la agitación de la vida moderna.

En la selva amazónica, conocí a Carla, una científica dedicada a la conservación de la selva. Su pasión por la biodiversidad y su compromiso con la preservación del ecosistema eran inspiradores. Pasé días explorando la selva con ella, observando la rica vida silvestre y aprendiendo sobre los desafíos que enfrenta la Amazonia. Carla me recordó la importancia de cuidar nuestro planeta y proteger sus tesoros naturales.

Y no puedo olvidar mi encuentro en las dunas del Sahara con Amin, un joven nómada tuareg. Compartió conmigo su conocimiento sobre la vida en el desierto y su profundo respeto por la naturaleza. A pesar de nuestras diferencias culturales y lingüísticas, encontramos una conexión a través de la hospitalidad y la curiosidad mutua.

Estos son solo algunos ejemplos de los personajes extraordinarios que he tenido la suerte de conocer en mis viajes. Cada uno de ellos, a su manera, ha contribuido a la riqueza de mi experiencia de viaje y ha demostrado la belleza de la diversidad humana. A medida que continúo mi viaje por la vida, estoy ansioso por conocer a más personas extraordinarias y aprender de sus historias y perspectivas únicas. Porque, al final, son estas conexiones humanas las que hacen que viajar sea una experiencia verdaderamente enriquecedora.

Al final de mi periplo, me di cuenta de que el verdadero tesoro que había encontrado no estaba en los sellos o en los destinos visitados, sino en el crecimiento personal y las conexiones que había forjado a lo largo del camino.

Cada encuentro, cada experiencia, había dejado una huella imborrable en mi ser, expandiendo mi perspectiva y enriqueciendo mi alma. Ahora, al mirar atrás en mi viaje, siento gratitud por el pasaporte misterioso y por todas las personas que encontré en el camino.

El pasaporte misterioso me mostró que todos estamos conectados en esta vasta red de experiencias humanas, y que nuestras historias individuales se entrelazan y se enriquecen mutuamente. Me recordó que el mundo está lleno de maravillas por descubrir, tanto en lugares lejanos como en rincones escondidos de nuestra propia ciudad.

En cada nueva página de la vida, llevaré conmigo la sabiduría y la gratitud que adquirí en cada destino visitado, y seguiré explorando, aprendiendo y compartiendo historias en este increíble viaje llamado vida.

Porque al final, las aventuras no están limitadas por sellos en un pasaporte, sino por la curiosidad y el espíritu de descubrimiento que llevamos en nuestro interior. Y mientras ese espíritu siga vivo, cada día puede ser una nueva oportunidad para embarcarnos en una nueva y emocionante aventura, sin importar la distancia o el destino.

A lo largo de mi viaje por el mundo, me he enfrentado a una serie de desafíos que pusieron a prueba mi resistencia y mi capacidad de adaptación. Cada uno de estos obstáculos, en su momento, parecía una barrera insuperable, pero con el tiempo, he llegado a comprender que los desafíos son, en última instancia, oportunidades para el crecimiento y la transformación.

Mi primer gran desafío tuvo lugar en el desierto del Sahara. Mientras exploraba las dunas ondulantes bajo el sol abrasador, me di cuenta de que me había separado de mi grupo y estaba desorientado en medio del vasto desierto. La sed y el agotamiento comenzaron a acechar, y la desesperación se apoderó de mí. Fue en ese momento de vulnerabilidad cuando un joven nómada tuareg, Amin, apareció como un salvador inesperado. Su conocimiento del desierto y su orientación me llevaron de regreso a la seguridad de mi grupo. Este desafío me enseñó la importancia de la humildad y la necesidad de confiar en la ayuda de otros en momentos de dificultad.

En mi viaje al Monte Everest, me enfrenté a las inclemencias del tiempo y la altitud extrema. La fatiga y la falta de oxígeno hicieron que cada paso fuera una lucha. Pero a pesar de los desafíos, la vista

85

desde la cumbre fue una recompensa inigualable. Esta experiencia me recordó que, a veces, los desafíos más grandes conducen a las recompensas más significativas y que la perseverancia es fundamental.

Mi viaje a través de la selva amazónica estuvo marcado por la presencia de mosquitos y otros insectos incansables. La incomodidad era constante, y la falta de comodidades modernas me llevó a cuestionar mi decisión de aventurarme en la selva. Sin embargo, a medida que me sumergía en la riqueza de la biodiversidad amazónica, comprendí la importancia de la adaptabilidad y la resiliencia en entornos desafiantes.

Cada uno de ellos me ha brindado lecciones valiosas, desde la importancia de la colaboración y la humildad hasta la recompensa de la perseverancia y la resiliencia. En última instancia, los desafíos en el camino han enriquecido mi viaje y me han recordado que la verdadera aventura a menudo comienza donde termina la zona de confort.

Estos desafíos y muchos otros me han permitido crecer de maneras que nunca habría imaginado antes de emprender mi viaje. Me han enseñado a abrazar la adversidad como una oportunidad de desarrollo y a reconocer la complejidad de la experiencia humana. Crecer a través de la adversidad implica aceptar las lecciones que cada desafío nos ofrece y utilizarlas para convertirnos en personas más fuertes, resilientes y sabias. Cada paso en mi viaje ha sido una oportunidad para crecer, y espero que mi viaje continúe proporcionándome valiosas lecciones mientras enfrento lo desconocido

Estas conexiones efímeras me han demostrado que, en un mundo cada vez más conectado pero a menudo fragmentado, las breves interacciones humanas pueden ser increíblemente significativas.

Nos recuerdan que todos somos parte de esta vasta red de experiencias compartidas y emociones universales. A menudo, son estos encuentros fugaces los que nos enseñan sobre la verdadera naturaleza de la humanidad: una red interconectada de almas, todas buscando amor, alegría y comprensión, incluso en los momentos más efímeros.

Estas lecciones de compañía en la adversidad me han recordado la importancia de la conexión humana y la fortaleza que se puede encontrar en aquellos que comparten los desafíos del camino. A menudo, son estos momentos de lucha y superación los que nos unen y nos recuerdan que, en última instancia, todos somos viajeros en esta travesía de la vida.

Descubriendo el tesoro de la vida

Con una sonrisa en el rostro y un nuevo sentido de aventura en mi corazón, me despedí de aquel pasaporte misterioso. Atrás quedaban los recuerdos de la maleta perdida, pero también quedaba una transformación personal, una historia que contar y una valiosa lección aprendida.

Y así, continuo en cada nuevo viaje que emprendo, sabiendo que la vida siempre guardará sorpresas y que, en cada objeto perdido o encontrado, en cada experiencia inesperada, hay una historia esperando ser contada. Con cada paso, estoy listo para enfrentar nuevos desafíos, descubrir nuevos destinos y seguir escribiendo mi propia aventura, sabiendo que el mundo siempre tendrá más historias por revelar y más misterios por desentrañar.

Como el libro de la vida sigue escribiéndose, cada día es una página en blanco, lista para ser llenada con nuevas aventuras, experiencias y lecciones. ¿Y qué mejor manera de llenar esas páginas que viajando y explorando todo lo que el mundo tiene para ofrecer?

El valor de las pequeñas cosas se hizo evidente en cada rincón del mundo que exploré. A menudo, estábamos tan absortos en la grandeza de los monumentos, las maravillas naturales y las experiencias emocionantes que pasábamos por alto la belleza en las cosas más simples.

En medio del Serengeti, mientras observaba majestuosos leones y elefantes, una pequeña mariposa revoloteaba a mi alrededor. Me recordó que la vida se manifiesta en todas las formas y tamaños, y que incluso los seres más pequeños tienen su lugar en este vasto mundo.

En las bulliciosas calles de Tokio, las sonrisas amigables de los vendedores ambulantes que vendían pequeños recuerdos me recordaron la calidez de la gente, incluso en una metrópolis frenética. Las conversaciones fugaces con extraños en un mercado de Ciudad de México me hicieron sentir conectado con la humanidad de una manera que ningún monumento histórico podría lograr.

Incluso en las situaciones más desafiantes, como cuando me encontré en medio del Sahara en medio de una tormenta de arena, aprendí a apreciar la protección que proporcionaba un pequeño pañuelo o el consuelo de un sorbo de agua.

El viaje me mostró que a menudo son las pequeñas cosas las que dan color y significado a nuestras vidas. Un simple acto de amabilidad, una sonrisa, una taza de té caliente en una fría noche de Himalaya, todos estos momentos se sumaron a una experiencia rica y significativa.

A través de todas las maravillas y desafíos, el pasaporte misterioso me enseñó que el valor de la vida reside en la apreciación de cada pequeño detalle. Estos pequeños tesoros son los que enriquecen nuestro viaje a través del mundo y, en última instancia, de la vida misma.

A lo largo de mi viaje, descubrí que encontrar sentido en lo cotidiano es fundamental para una vida plena. A menudo, las rutinas y las pequeñas acciones diarias pueden pasarnos desapercibidas, pero son precisamente estas cosas las que dan forma a nuestras vidas.

Desde la simple pero reconfortante rutina de disfrutar un café en una callejuela de Roma, hasta observar el amanecer en el Himalaya mientras las aldeas locales se preparan para el día, cada día estaba lleno de pequeños momentos que me recordaban la belleza de lo cotidiano.

En el Desierto de Sahara, mientras compartía té con beduinos en una tienda nómada, aprecié cómo su rutina de preparar y disfrutar el té era una ceremonia de hospitalidad y amistad. Esta experiencia me enseñó que el significado puede encontrarse en las interacciones cotidianas y en la forma en que compartimos momentos simples con otros.

Los habitantes de Alice Springs, en Australia, me mostraron cómo la vida en un lugar remoto y árido puede ser profundamente significativa. Cada día era una lucha contra las condiciones del desierto, pero encontraban belleza en la tierra roja y la compañía de los canguros locales.

A través de estas experiencias, comprendí que encontrar sentido en lo cotidiano no significa necesariamente buscar cosas espectaculares o fuera de lo común. En cambio, se trata de apreciar las pequeñas alegrías, las conexiones humanas y la belleza que se encuentra en nuestro día a día.

El pasaporte misterioso me ayudó a ver que el verdadero tesoro de la vida no se encuentra en destinos distantes o experiencias extraordinarias, sino en la forma en que abrazamos y encontramos significado en nuestra rutina diaria. Cada día, en cualquier parte del mundo, puede ser una aventura si aprendemos a verlo de esa manera.

En cada destino que exploré, encontré pequeñas manifestaciones de la belleza, la autenticidad y la humanidad que se encuentran en los detalles más simples.

Los detalles pueden ser esos momentos inolvidables, cada conversación con personas que conocí en el camino, y cada pequeño detalle en el entorno, contribuyeron a enriquecer mi experiencia y aportaron un profundo significado a mi viaje.

Estos detalles me recordaron que, son los momentos efímeros, los gestos inesperados y las pequeñas cosas las que componen la riqueza de la vida. A menudo, estamos tan enfocados en los destinos lejanos que pasamos por alto la belleza que se encuentra justo ante nosotros.

M viaje se convirtió en un recordatorio constante de que, a pesar de nuestras diferencias culturales y geográficas, compartimos una humanidad común que se manifiesta en los detalles de la vida cotidiana. En la simplicidad de un acto amable, una mirada compartida o una sonrisa sincera, encontramos el significado más profundo de nuestras experiencias. Cada uno de estos detalles se convierte en un tesoro que atesoro en mi corazón, recordándome que la vida está en los pequeños momentos.

A lo largo de mi viaje, aprendí a abrazar las sorpresas de la vida y a veces, las mejores experiencias provienen de lo inesperado y lo impredecible. Cuando llegué a Egipto, mi objetivo era explorar las pirámides y otros sitios históricos. Sin embargo, un encuentro casual con un habitante local me llevó a un mercado tradicional lleno de autenticidad y una comida deliciosa. En la Amazonia, mi búsqueda de El Dorado resultó ser una lección sobre la diversidad de la vida silvestre y la importancia de la conservación.

Aprendí que no siempre es necesario tener un plan rígido. En cambio, al abrazar las sorpresas de la vida, abrimos la puerta a nuevas experiencias y oportunidades que nunca habríamos imaginado. Las sorpresas nos desafían a ser flexibles y a disfrutar del presente en lugar de preocuparnos por el futuro. Al final, estas sorpresas enriquecieron mi viaje de maneras que no podría haber anticipado, y ahora, las valoro como algunos de los momentos más memorables de mi viaje.

Mi viaje con el pasaporte misterioso fue un constante recordatorio de gratitud. Cada sello en sus páginas representaba una experiencia valiosa, una lección aprendida o un encuentro significativo. A medida que mi viaje avanzaba, me di cuenta de lo afortunado que era por tener la oportunidad de explorar el mundo y conocer a personas maravillosas en el camino.

El pasaporte misterioso, con sus sellos que representan mi viaje, se convirtió en un símbolo de gratitud. Cada vez que lo abría y veía los lugares que había visitado, recordaba lo afortunado que era por todas las experiencias que había tenido. La gratitud se convirtió en un compañero constante en mi viaje, recordándome que la vida está llena de tesoros esperando ser descubiertos si mantenemos nuestros corazones y mentes abiertos.

Al final de mi viaje, no solo había explorado el mundo, sino que también había explorado el significado de la gratitud. Mi viaje había sido una experiencia que cambió mi vida y me enseñó a valorar cada momento y a ser agradecido por las lecciones y la belleza que la vida nos ofrece.

Más allá del viaje. Lecciones para la vida

Mis viajes no se detienen, sigo adelante, en busca de nuevas culturas para entender, nuevas comidas para probar, y nuevas personas para conocer. Mientras viajo, sigo aprendiendo, no sólo sobre el mundo que me rodea, sino también sobre mí mismo.

A lo largo del camino, descubro que cada destino tiene su propia música, una melodía que se entrelaza con los sonidos de las calles, el susurro de los árboles o el murmullo del agua. Aprendo a bailar al ritmo de estos lugares, dejándome llevar por sus encantos, dejando que cada uno de ellos deje su huella en mi alma.

A veces, el camino puede ser desafiante. Pueden surgir obstáculos, como la tormenta de arena en el Sahara, el camello rebelde en Egipto, o el encuentro cercano con la especie salvaje en el Serengeti. Pero en cada desafío, encuentro una oportunidad para crecer, para aprender, y para convertirme en una versión más fuerte y resistente de mí mismo.

Aprendo que los viajes no siempre son acerca de llegar a un destino; a menudo, es el viaje en sí el que importa. Los momentos de contemplación tranquila en las colinas del Himalaya, las risas compartidas con nuevos amigos en la Ciudad de México, o la emoción de unirse a la batalla en La Tomatina de España, son tesoros que llevo conmigo mucho después de que el viaje ha terminado.

Los viajes tienen el poder de transformar nuestras vidas, de sacarnos de nuestra zona de confort y sumergirnos en experiencias nuevas y emocionantes. Cada destino que exploramos, cada cultura que conocemos, y cada desafío que enfrentamos en el camino nos enseña lecciones valiosas que trascienden más allá del viaje en sí.

Una de las primeras lecciones que aprendemos es la importancia de la adaptabilidad. En un lugar nuevo, nos vemos obligados a adaptarnos a diferentes climas, idiomas, y formas de vida. Aprendemos a ser flexibles y a encontrar soluciones creativas para los obstáculos que puedan surgir. Esta habilidad de adaptación se convierte en una herramienta valiosa que podemos aplicar en otros aspectos de nuestras vidas.

Los viajes también nos enseñan sobre la importancia de la tolerancia y la empatía. Cuando interactuamos con personas de diferentes culturas, entendemos que, a pesar de nuestras diferencias, compartimos la humanidad en común. Desarrollamos la capacidad de ver el mundo desde perspectivas diversas y apreciamos la diversidad.

La paciencia es otra lección fundamental que los viajes nos brindan. En un mundo lleno de horarios apretados y plazos ajustados, los viajes nos muestran que no todo sucede según lo planeado. Aprender a mantener la calma y la paciencia frente a retrasos y desafíos inesperados se traduce en una valiosa habilidad para lidiar con el estrés en la vida cotidiana.

La importancia del vivir en el momento presente es una de las lecciones más impactantes que los viajes pueden ofrecer. En un mundo donde a menudo estamos distraídos por nuestras preocupaciones pasadas o futuras, los viajes nos permiten sumergirnos en la experiencia presente. Disfrutamos plenamente de los momentos, los paisajes, y las interacciones que ocurren frente a nosotros.

Los viajes nos enseñan a ser agradecidos. Al experimentar la belleza del mundo y conocer a personas increíbles en nuestros viajes, nos damos cuenta de cuánto tenemos que agradecer en la vida. Aprendemos a apreciar las pequeñas cosas y a valorar lo que realmente importa.

Las lecciones que aprendemos a través de los viajes son un tesoro inestimable que enriquece nuestras vidas más allá de las fotos y recuerdos. Nos ayudan a ser mejores seres humanos, más conscientes, tolerantes y agradecidos, y nos recuerdan que la vida en sí es un viaje lleno de descubrimientos y aprendizaje constante.

El viaje es un acto de exploración, tanto del mundo que nos rodea como de nuestro propio interior. Cada viaje, ya sea a través de países lejanos o en nuestro propio vecindario, ofrece oportunidades para la reflexión y el crecimiento personal.

El viaje nos enseña a ser humildes. Cuando salimos de nuestra zona de confort y entramos en nuevos territorios, nos damos cuenta de cuánto hay por descubrir y cuán vasto es el mundo. Esta humildad nos recuerda que somos una parte minúscula de un planeta enormemente diverso y complejo.

Nos hace apreciar la belleza. Los viajes nos exponen a paisajes impresionantes, arquitectura fascinante y culturas vibrantes. Al ver la majestuosidad del mundo, desarrollamos una apreciación más profunda por la belleza que nos rodea.

Promueve la empatía. Al interactuar con personas de diferentes culturas y contextos, desarrollamos una mayor comprensión y empatía por los demás. Nos damos cuenta de que, a pesar de nuestras diferencias, compartimos preocupaciones y alegrías comunes como seres humanos.

Nos desafía. Los viajes pueden presentar desafíos, desde perderse en una ciudad desconocida hasta enfrentar barreras lingüísticas.

Superar estos obstáculos nos enseña resiliencia y nos brinda una sensación de logro.

Fomenta la creatividad. La exposición a nuevas experiencias y entornos puede inspirar la creatividad. Nos anima a ver el mundo de una manera diferente y nos impulsa a ser más creativos en nuestras vidas.

Nos conecta con la historia. Al visitar sitios históricos y culturales, nos sumergimos en el pasado y comprendemos mejor cómo las acciones y eventos pasados han dado forma al mundo actual.

El viaje nos anima a vivir en el presente. Cuando estamos en un lugar nuevo, es más fácil estar en el momento presente, disfrutando plenamente de las experiencias y la belleza que nos rodea.

Un viaje es un regalo que nos permite explorar, aprender y crecer. A medida que recorremos el mundo y exploramos sus tesoros, también nos acercamos a conocernos a nosotros mismos. Cada viaje es una oportunidad para la reflexión y el autodescubrimiento, un recordatorio de que el viaje más significativo es el que hacemos hacia nuestro propio interior.

Mantenerse abierto a la aventura es más que buscar emociones o novedades; es una actitud que impulsa el crecimiento personal y el enriquecimiento de la vida. Al abrazar la aventura, abrimos puertas a nuevas oportunidades, descubrimientos y experiencias que moldean nuestra identidad y nuestra perspectiva en curso. La vida está llena de aventuras esperando a ser exploradas, y depende de nosotros mantenernos abiertos a ellas

La resiliencia a través de los desafíos es una cualidad fundamental que nos permite afrontar las adversidades con fuerza y determinación. Los desafíos en la vida, ya sea en forma de viajes, obstáculos personales o profesionales, pueden fortalecer nuestra resiliencia y llevarnos a un crecimiento significativo. Enfrentar desafíos nos expone a situaciones difíciles que requieren que adquiramos nuevas habilidades y conocimientos para superarlos. A menudo, los errores y las dificultades se convierten en lecciones valiosas que fortalecen nuestra resiliencia.

Además, los desafíos nos obligan a adaptarnos a circunstancias cambiantes, desarrollando nuestra capacidad de lidiar con una amplia gama de situaciones. También nos permiten confrontar el miedo y la incertidumbre con valentía. A pesar de la ansiedad y el temor que puedan surgir, la resiliencia nos impulsa a seguir adelante.

Superar desafíos contribuye a la construcción de la autoestima y la confianza en uno mismo. Cada vez que superamos un obstáculo, ganamos una mayor sensación de logro y un impulso adicional para enfrentar futuros desafíos. Esta constante superación nos lleva a crecer como individuos y a comprender mejor quiénes somos y lo que somos capaces de lograr.

La resiliencia a menudo va de la mano con una mentalidad positiva. Aprender a ver los desafíos como oportunidades de crecimiento en lugar de obstáculos insuperables es un signo de resiliencia. Además, la resiliencia nos permite recuperarnos de los fracasos, viéndolos como un paso en el camino hacia el éxito.

En el proceso, desarrollamos empatía y comprensión hacia los desafíos que enfrentan los demás, lo que nos permite brindar apoyo significativo a quienes lo necesitan. También fortalecemos las conexiones interpersonales, forjando vínculos sólidos basados en la confianza y la colaboración. Finalmente, a medida que desarrollamos nuestra resiliencia, nos volvemos más capaces de enfrentar los desafíos futuros con valentía. Sabemos que podemos superar obstáculos y enfrentar lo que venga con determinación.

La resiliencia a través de los desafíos es un recordatorio de la fortaleza interior que todos poseemos. Cada desafío superado es una prueba de que podemos enfrentar y superar cualquier obstáculo que la vida nos presente. La resiliencia es una cualidad valiosa que nos permite prosperar, crecer y encontrar significado incluso en medio de las adversidades.

El viaje que abarca continentes y aventuras, marcado por un misterioso pasaporte, revela mucho más que las experiencias en sí. Más allá del viaje, esta odisea se convierte en un recordatorio invaluable para todos nosotros. En cada página de ese pasaporte, en cada sello que se acumula, encontramos lecciones que trascienden el acto mismo de viajar y se convierten en una guía para vivir.

La importancia de la curiosidad y la intriga se manifiesta como un faro que nos guía a explorar, descubrir y cuestionar. Nos recuerda que, a menudo, es la chispa de la curiosidad la que nos impulsa a aventurarnos en lo desconocido, donde encontramos las experiencias más ricas y significativas.

A través de los destinos visitados y las personas conocidas en el camino, aprendemos la importancia de mantenernos abiertos a la aventura. La vida nos brinda oportunidades inesperadas y, al abrazarlas, podemos descubrir un mundo lleno de conexiones efímeras que enriquecen nuestra existencia.

Los desafíos que se presentan a lo largo de este viaje nos enseñan sobre la resiliencia, la importancia de mantener una mentalidad positiva y la valiosa lección de encontrar el significado en los detalles más pequeños. En cada obstáculo superado, encontramos una oportunidad de crecimiento y autoafirmación.

El tesoro de la vida se revela en las conexiones efímeras, las personas extraordinarias en el camino y las lecciones valiosas de compañía en la adversidad. A menudo, son los pequeños detalles los que añaden profundidad y significado a nuestras experiencias.

Este libro es un recordatorio de gratitud, un tributo a la belleza de lo cotidiano y una celebración de la diversidad de la experiencia humana. A medida que exploramos el viaje, descubrimos que la resiliencia a través de los desafíos es un recurso invaluable que todos debemos poseer.

Este viaje, que comenzó con la aparición de un pasaporte misterioso y una maleta perdida en Islandia, se convierte en un espejo de nuestras propias vidas. Nos recuerda que, aunque enfrentemos desafíos y adversidades, siempre hay un significado que encontrar, una lección que aprender y una belleza que descubrir en cada rincón de nuestro mundo y en cada detalle de nuestra existencia.

Las lecciones de este viaje se traducen en un enfoque de vida que valora la curiosidad, la apertura a nuevas experiencias, la resiliencia, la atención a los detalles, la apreciación de las conexiones humanas y la celebración de la diversidad. Al aplicar estas lecciones a nuestra vida diaria, podemos encontrar un mayor significado y enriquecimiento en cada día que vivimos.

El camino hacia la autenticidad

Nunca olvidaré la lección aprendida con el calcetín extra. Este sencillo objeto me recuerda la importancia de estar preparado para lo inesperado, de ser flexible ante los desafíos, y de apreciar las pequeñas cosas que a menudo pasamos por alto. Porque, al final del día, a veces es la comodidad de un par de calcetines secos lo que puede marcar la diferencia entre un día ordinario y un día extraordinario.

Descubrir la verdadera esencia es un viaje en sí mismo. Así como un calcetín extra me enseñó lecciones valiosas, también me hizo reflexionar sobre cómo estas lecciones se aplican a la búsqueda de la autenticidad en la vida cotidiana.

A menudo, en la rutina diaria, nos encontramos atrapados en lo superficial, centrados en las obligaciones, las apariencias y las expectativas de los demás. La autenticidad a menudo se pierde en medio de estas preocupaciones, y olvidamos quiénes somos en nuestro núcleo.

En mi viaje, aprendí que la autenticidad implica abrazar la singularidad de uno mismo, incluyendo todas las peculiaridades y experiencias que nos han moldeado. Es como ese calcetín extra que puede parecer insignificante, pero que en realidad es un recordatorio constante de la esencia genuina que llevamos en nuestro interior.

La autenticidad también se encuentra en la capacidad de adaptarse y ser flexible ante los desafíos inesperados, de no perder nuestra identidad cuando enfrentamos situaciones nuevas o desconcertantes. Al igual que mi calcetín extra, que siempre estuvo listo para proporcionar comodidad en medio de la adversidad, nosotros también debemos mantenernos abiertos a las sorpresas que la vida nos depara y encontrar la autenticidad incluso en esos momentos inesperados.

La verdadera esencia reside en abrazar las lecciones de la vida, grandes o pequeñas, y aplicarlas en nuestro camino hacia la autenticidad. Así como un simple calcetín extra me recordó la importancia de estar preparado y ser agradecido por las pequeñas cosas, también nos recuerda que cada experiencia y desafío en la vida puede ser un recordatorio para mantenernos auténticos y valorar la belleza de ser uno mismo.

La importancia de ser uno mismo es una lección que mi viaje y el humilde calcetín extra me han recordado una y otra vez. En un mundo que a menudo nos empuja a encajar en ciertas expectativas o normas, ser auténtico es un acto de valentía y autoaceptación.

Ser uno mismo implica abrazar todas las facetas de nuestra personalidad, tanto las fortalezas como las debilidades. Es reconocer que somos únicos y que nuestras experiencias, creencias y valores son lo que nos distingue de los demás. Aceptar y abrazar nuestra singularidad nos permite vivir una vida más genuina y satisfactoria.

La autenticidad también es fundamental en nuestras relaciones con los demás. Cuando somos auténticos, atraemos a personas que realmente nos aprecian por lo que somos, en lugar de tratar de encajar en un molde que no nos pertenece. Esto nos lleva a relaciones más profundas y significativas.

El viaje me mostró que ser uno mismo no es un acto de rebeldía, sino una búsqueda de la verdadera felicidad. Puede requerir coraje para enfrentar las expectativas externas, pero la recompensa es una sensación de libertad y alegría que solo se encuentra cuando somos fieles a nosotros mismos.

El viaje de la vida nos recuerda constantemente la importancia de ser uno mismo, de abrazar nuestra autenticidad y de vivir de acuerdo con nuestros propios valores y deseos. Al igual que un humilde calcetín extra puede hacer una gran diferencia en un día lluvioso, ser auténtico puede hacer una gran diferencia en nuestra vida, haciéndonos sentir plenos y en paz con quienes somos.

Abrazar la diversidad de la experiencia humana es otra lección crucial que mi viaje y las experiencias vividas a lo largo de él me han enseñado. A medida que recorrí distintos rincones del mundo y conocí a personas de diferentes culturas, razas, religiones y trasfondos, me di cuenta de la riqueza que existe en la variedad de experiencias humanas.

Cada individuo tiene una historia única que contar, una perspectiva propia y una riqueza cultural que aportar. Al abrirme a estas diferentes formas de vida, aprendí a apreciar la belleza de la diversidad y a enriquecerme a través de las experiencias de los demás.

La diversidad no solo se trata de la diferencia cultural, sino también de la diversidad de pensamiento y opinión. Al escuchar a personas con puntos de vista distintos a los míos, pude ampliar mi comprensión del mundo y cuestionar mis propias creencias. Esto me ha hecho más tolerante, empático y abierto a nuevas ideas y perspectivas.

Abrazar la diversidad de la experiencia humana también se relaciona con el respeto y la compasión. Al entender que cada persona enfrenta sus propios desafíos y alegrías, desarrollé una mayor empatía hacia los demás y una apreciación por las luchas y los triunfos que todos experimentamos en la vida.

Esta lección me ha recordado que, todos compartimos la misma humanidad, independientemente de nuestras diferencias externas. Abrazar la diversidad de la experiencia humana es una forma de celebrar la riqueza y la complejidad de la vida en este planeta, recordándonos que todos somos parte de una gran historia global.

Cierre y nuevos comienzos

Así que, ¿qué sigue? ¿Qué nuevas aventuras me esperan en las páginas aún no escritas de mi libro de viaje? No lo sé. Pero lo que sí sé es que estaré listo, con mi maleta, mi pasaporte y, por supuesto, mi par de calcetines extra. Porque el mundo está lleno de maravillas por descubrir, y tengo muchas más páginas por leer.

Y así, con cada paso que doy en mi viaje, con cada sello en mi pasaporte, con cada nuevo recuerdo que agrego a mi maleta, me doy cuenta de que el viaje no solo está en el exterior, sino también en el interior. Con cada nueva ciudad, cada montaña, cada selva, cada desierto, me encuentro con un espejo de mi ser, me desafío a mí mismo, me entiendo mejor y crezco en formas que no podría hacerlo en ningún otro lugar.

El lenguaje de los viajes es universal. Puede que no hable japonés en Tokio, español en la Ciudad de México o swahili en el Serengeti, pero el lenguaje de la sonrisa, de la ayuda, de la compasión, es un idioma que todos entendemos, sin importar dónde nos encontremos. Aprendí que las barreras del lenguaje no son barreras para hacer conexiones, y que a veces, las palabras no dichas son las más fuertes.

Desde la selva amazónica hasta las calles bulliciosas de Nueva York, desde la cima del Everest hasta las profundidades del océano frente a la costa de Australia, cada lugar tiene algo que enseñarme. Algunas lecciones son grandes, como la comprensión de la fragilidad y la belleza de la naturaleza en la Antártida. Algunas son pequeñas, como la satisfacción de probar un plato de momos por primera vez en el Himalaya. Pero todas son importantes y valiosas.

El fin de un viaje es el comienzo de otro. Cuando miro hacia atrás en los recuerdos de mis viajes, encuentro una verdad simple pero poderosa: cada cierre marca el inicio de una nueva aventura.

Al final de cada travesía, me encuentro recordando las lecciones que he aprendido de viajar con mi pasaporte misterioso. He aprendido a apreciar la belleza de lo inesperado, a abrazar la diversidad de la experiencia humana y a encontrar el significado en los detalles más pequeños.

Cada desafío superado y cada persona extraordinaria que he conocido en el camino ha dejado una marca en mi alma, recordándome la importancia de la autenticidad y de mantenerme abierto a la aventura.

Mientras abandono un destino, sé que estoy dando la bienvenida a otro. Los viajes son un ciclo infinito de cierres y comienzos, y en cada punto de transición, encuentro la promesa de nuevas lecciones y experiencias.

En el transcurso de mis viajes, he aprendido que las historias de pérdida y encuentro son un tema recurrente en la vida. A menudo, nos encontramos enfrentando la pérdida de lo familiar, ya sea un lugar, una persona, o incluso una parte de nosotros mismos. Pero a medida que avanzamos, también descubrimos encuentros sorprendentes que nos llenan de asombro y gratitud.

La pérdida puede ser desgarradora. Cuando mi maleta desapareció en Islandia, sentí que había perdido una parte de mi identidad viajera. Pero en medio de esa pérdida, encontré un misterioso pasaporte que me condujo a un mundo de descubrimientos inimaginables.

Estos encuentros inesperados pueden ser tan simples como un calcetín extra que se convierte en un salvavidas en un día lluvioso o tan profundos como las amistades que florecen en el camino. A menudo, las experiencias que más valoramos son aquellas que no estábamos buscando, que llegaron a nosotros cuando más las necesitábamos.

Perder y encontrar se entrelazan en la trama de la vida, recordándonos la importancia de la humildad y la gratitud. Cada pérdida nos enseña a soltar y a apreciar lo que tenemos, mientras que cada encuentro nos llena de alegría y nos inspira a seguir adelante.

Al celebrar estas historias de pérdida y encuentro, reconocemos que la vida es un flujo constante de experiencias que nos desafían y nos enriquecen. Cada capítulo que se cierra marca el comienzo de uno nuevo, lleno de promesas y oportunidades. Y al final, la pérdida y el encuentro se convierten en los hilos que tejen la rica tapestría de nuestras vidas, una que celebramos con gratitud y amor.

La vida es una aventura constante, un viaje interminable que se desenvuelve frente a nosotros. Cada día es una página en blanco en la que escribimos nuestra historia, llena de giros inesperados y momentos memorables. Nuestra existencia es como un viaje sin fin, similar a la experiencia que he tenido viajando por el mundo con mi pasaporte misterioso.

A lo largo de mis viajes, he encontrado paralelismos notables con la vida misma. Cada día que despertamos es una nueva oportunidad para explorar, aprender y crecer. Los desafíos inesperados son como los obstáculos en el camino, pruebas que nos ayudan a desarrollar la resistencia y la fortaleza necesarias para avanzar.

Los encuentros con personas inesperadas y las conexiones efímeras son reflejos de las relaciones que creamos en la vida cotidiana. Cada amigo que he conocido en mi viaje es un recordatorio de que las relaciones humanas son una parte fundamental de nuestro camino. La diversidad de experiencias que he vivido refuerza la idea de que la vida está llena de sorpresas y lecciones invaluables.

El valor de las pequeñas cosas y el significado en los detalles se aplican igualmente a la vida cotidiana. A menudo, nos olvidamos de apreciar los momentos simples que llenan nuestra vida de alegría. En la búsqueda de la autenticidad, debemos aprender a disfrutar de las pequeñas alegrías que nos rodean, como el calor de una taza de té o la sonrisa de un ser querido.

Cada cierre de un capítulo es el comienzo de otro en este viaje interminable. Las lecciones que he aprendido en el viajes me han preparado para abrazar los desafíos de la vida con resiliencia y gratitud. La aventura de la vida, al igual que un viaje, está llena de sorpresas, pero con un corazón abierto y una mente dispuesta, podemos abrazar lo desconocido con alegría y aceptación.

Así que continuamos, abrazando la continua aventura de la vida, sabiendo que cada día es una oportunidad para aprender, crecer y vivir plenamente.

Como las hojas de este libro que se pasan una tras otra, los días de nuestra vida se suceden en un flujo constante de experiencias. En cada esquina, en cada paso, en cada desvío del camino, la historia de nuestra vida se teje en un tapiz único y personal. Y al igual que un viaje, no tiene un destino final, sino una serie de capítulos entrelazados.

Cuando miro hacia atrás en mi propio viaje, veo que ha estado lleno de giros inesperados, algunos de los cuales me llevaron a destinos inimaginables. Me he encontrado con personas extraordinarias en el camino, he superado desafíos que nunca creí posibles y he aprendido lecciones valiosas que han moldeado mi perspectiva de la vida.

La noción de que el viaje nunca termina es un recordatorio constante de que la vida en sí misma es una aventura. Al igual que cuando viajé con mi pasaporte misterioso, cada día es una oportunidad para explorar lo desconocido y descubrir algo nuevo.

A menudo, los cierres marcan el comienzo de nuevos comienzos, y las pérdidas pueden llevar a inesperados encuentros. He aprendido a celebrar tanto las historias de pérdida como las de encuentro, porque ambas son partes esenciales de mi viaje vital. Cada capítulo que llega a su fin solo prepara el terreno para otro, y cada experiencia, ya sea un desafío o una alegría, contribuye a mi crecimiento y evolución.

Así que, en este viaje sin fin, abrazo la incertidumbre y la promesa del futuro con gratitud y un espíritu de aventura. La vida es una serie de momentos, y el viaje continúa, cada día una nueva página en el libro de nuestras vidas esperando a ser escrita. Cada giro en el camino es una oportunidad para descubrir la verdadera esencia de quiénes somos y encontrar significado en las experiencias que vivimos.

Epílogo: Más allá de la maleta perdida

¿Y cuál es la mayor lección que he aprendido en mis viajes? Que la vida, como un viaje, es una serie de momentos. No se trata de dónde te encuentras al final del día, sino de lo que experimentas en el camino. Las vistas que ves, las personas que conoces, las risas que compartes, los desafíos que superas, todo esto es lo que hace que la vida, y los viajes, sean tan increíblemente hermosos.

Y entonces, mientras cierro este libro, miro hacia el horizonte. Hay una emoción que siento, una anticipación de las nuevas aventuras que vendrán, de las nuevas lecciones que aprenderé, y de las nuevas personas que conoceré. Y aunque no sé exactamente a dónde me llevarán mis viajes a continuación, sé que estaré listo para ello. Con un par de calcetines extra en mi maleta y una mente abierta a las maravillas del mundo, estoy listo para leer la próxima página de mi libro de viaje. Porque en este libro, cada capítulo es una aventura, y cada aventura es una oportunidad para crecer, aprender y descubrir el mundo de una manera completamente nueva.

Después de todas las aventuras que el pasaporte misterioso me llevó a experimentar, la vida continuó con su curso. Volví a la rutina de mi vida cotidiana, pero con una perspectiva completamente nueva. Cada día se volvió un recordatorio de las lecciones que había aprendido a lo largo de mis viajes.

Las pequeñas cosas, como el calcetín extra, tomaron un nuevo significado. Aprendí a abrazar la diversidad de la experiencia humana y a mantenerme abierto a la aventura, incluso en las circunstancias más mundanas. Descubrí la importancia de ser auténtico y abrazar la verdadera esencia de uno mismo.

Mi pasaporte misterioso, con todos sus sellos de aventuras pasadas, se convirtió en un símbolo de gratitud y aprecio por la belleza de la vida.

Mi viaje a través del mundo, impulsado por la curiosidad y la intriga, me llevó a lugares inesperados y me regaló lecciones invaluables. La maleta perdida y el pasaporte misterioso marcaron el comienzo de una aventura que nunca imaginé, una aventura que continúa todos los días, en cada pequeño detalle, en cada sorpresa, y en cada historia de pérdida y encuentro.

Y mientras miro hacia el futuro, sé que la aventura de la vida nunca se detiene. Cada día es una oportunidad para crecer, aprender y celebrar la belleza de la experiencia humana. Porque, al final del día, cada uno de nosotros está escribiendo su propia historia, llena de cierres y comienzos, y llena de amor, pérdida y encuentro.

Las reflexiones sobre la vida y la aventura se han vuelto un componente fundamental en mi día a día desde que la maleta se perdió en Islandia y el pasaporte misterioso hizo su entrada en escena. A través de cada experiencia vivida en los destinos marcados en esas páginas, he llegado a comprender que la vida es una aventura en sí misma.

Cada pequeño detalle, cada giro inesperado y cada elección que hacemos contribuyen a dar forma a nuestra historia. Descubrí que la autenticidad y la apertura a lo desconocido son claves para disfrutar plenamente de esta travesía llamada vida.

Las lecciones de simplicidad que aprendí en el camino me recordaron la importancia de apreciar las pequeñas cosas, de encontrar el significado en los detalles cotidianos y de abrazar las sorpresas de la vida. Las conexiones efímeras con personas extraordinarias me mostraron que todos, sin importar de dónde vengamos, compartimos una conexión humana profunda.

A través de los desafíos, crecí en resiliencia y encontré oportunidades donde otros podrían ver obstáculos. Me di cuenta de que, a menudo, lo pequeño se convierte en grande y que la necesidad puede transformarse en oportunidad. El valor del calcetín extra, una simple metáfora, me enseñó que las lecciones del viaje pueden aplicarse a la vida cotidiana.

En la continuación de la aventura de la vida, celebré historias de pérdida y encuentro, recordando que cada cierre es un nuevo comienzo. Descubrí que, a pesar de los desafíos, la vida es una continua oportunidad para aprender, crecer y ser agradecido.

Finalmente, mi reflexión más profunda es que la vida es una serie de cierres y comienzos. Cada experiencia nos enriquece y nos prepara para la siguiente etapa de nuestra aventura. Como un viaje sin fin, la vida nos desafía, nos sorprende y nos inspira a ser auténticos y a abrazar la diversidad de la experiencia humana.

Así, mientras avanzamos por el camino hacia la autenticidad, recordemos que cada día es una oportunidad para vivir plenamente, aprender y celebrar la belleza de la vida. La aventura continúa, y cada capítulo nos brinda la oportunidad de escribir nuestra propia historia.

A medida que viajé por destinos exóticos y viví experiencias enriquecedoras, descubrí la importancia de las conexiones humanas que trascienden el tiempo y el espacio.

En medio de la diversidad de culturas y lugares, encontré personas extraordinarias . Estas conexiones especiales me recordaron que, a pesar de nuestras diferencias superficiales, todos compartimos un vínculo común como seres humanos.

Estas conexiones se convirtieron en un recordatorio constante de que las experiencias de viaje no se limitan a un lugar o momento específico. Más bien, son regalos que perduran en nuestra memoria y en el tejido de nuestras vidas.

Así que, mientras avanzamos en la aventura de la vida, recordemos que las conexiones significativas que construimos son un tesoro que perdurará mucho más allá de nuestros viajes. Celebrémoslas, nutrámoslas y sigamos construyendo puentes hacia el corazón de otras personas en nuestro camino. Porque, son estas conexiones lo que hace que la vida sea verdaderamente valiosa y significativa.

La vida, al igual que un viaje, a menudo implica perder y encontrar. Y en ese ciclo infinito, hay un mundo de posibilidades para aprender, crecer y sorprenderse. Las pérdidas nos enseñan a adaptarnos y a ser resilientes, mientras que los hallazgos nos brindan la alegría de lo inesperado. Ambos contribuyen a la riqueza de nuestra experiencia humana.

Así que, mientras avanzamos en la travesía de la vida, recordemos que cada pérdida y cada hallazgo pueden llevarnos a un mundo de posibilidades. Sigamos explorando, aprendiendo y celebrando todo lo que la vida tiene para ofrecer, en sus momentos perdidos y encontrados

Queridos lectores,

Perdidos y encontrados: La maleta perdida, el pasaporte misterioso y el calcetín extra, ha sido mucho más que un relato de viajes y objetos extraviados. Ha sido un recordatorio de la importancia de estar abiertos a las sorpresas de la vida, de abrazar los desafíos y de encontrar significado en los detalles más pequeños. Ha sido un viaje lleno de emoción, descubrimientos y reflexiones, y me complace haberlo compartido con ustedes.

Hemos recorrido el mundo juntos enfrentando obstáculos, conociendo nuevas culturas y encontrando conexiones inesperadas. Hemos reflexionado sobre la importancia de la adaptabilidad, la gratitud y la búsqueda de la belleza en los momentos más simples.

Espero que hayan disfrutado de esta historia tanto como yo he disfrutado al escribirla. Si he logrado encender su imaginación, transportarlos a lugares lejanos y despertar en ustedes una chispa de curiosidad y exploración, entonces considero que mi labor ha sido cumplida.

Recuerden, queridos lectores, que la vida misma es un viaje en el que todos somos protagonistas. A veces perdemos maletas, a veces encontramos pasaportes misteriosos y a veces un calcetín extra se convierte en un héroe inesperado. Pero en cada experiencia, en cada encuentro, siempre hay algo por descubrir y aprender.

Agradezco sinceramente su compañía en este viaje y deseo que continúen explorando, creando y compartiendo sus propias historias. Que el espíritu de la aventura siga ardiendo en sus corazones, impulsándolos a descubrir nuevas maravillas y a abrazar las infinitas posibilidades que ofrece el mundo.

Que nunca pierdan la pasión por explorar lo desconocido, por sumergirse en culturas diferentes y por encontrar belleza en los lugares más insospechados. Que cada nuevo capítulo de sus vidas esté lleno de emocionantes travesías y encuentros inolvidables.

Recuerden que las historias que compartimos y vivimos son las que nos conectan como seres humanos y nos enriquecen como individuos.

Con gratitud y la esperanza de que nuestros caminos se crucen nuevamente.

Con gratitud y un hasta pronto,

Vimi Vera

www.comolovi.es